En(quadro)
Experiências de morar só

Editora Appris Ltda.
1.ª Edição - Copyright© 2024 da autora
Direitos de Edição Reservados à Editora Appris Ltda.

Nenhuma parte desta obra poderá ser utilizada indevidamente, sem estar de acordo com a Lei nº 9.610/98. Se incorreções forem encontradas, serão de exclusiva responsabilidade de seus organizadores. Foi realizado o Depósito Legal na Fundação Biblioteca Nacional, de acordo com as Leis nºs 10.994, de 14/12/2004, e 12.192, de 14/01/2010.

Catalogação na Fonte
Elaborado por: Josefina A. S. Guedes
Bibliotecária CRB 9/870

S725e 2024	Sousa, Laís En[quadro] : experiências de morar só / Laís Sousa. 1 ed. – Curitiba : Appris, 2024. 116 p. ; 21 cm. ISBN 978-65-250-5396-7 1. Crônicas brasileiras. 2. Autopercepção. 3. Lar. I. Título. CDD – B869.3

Appris editora

Editora e Livraria Appris Ltda.
Av. Manoel Ribas, 2265 – Mercês
Curitiba/PR – CEP: 80810-002
Tel. (41) 3156 - 4731
www.editoraappris.com.br

Printed in Brazil
Impresso no Brasil

Laís Sousa

En(quadro)
Experiências de morar só

FICHA TÉCNICA

EDITORIAL — Augusto Coelho
Sara C. de Andrade Coelho

COMITÊ EDITORIAL — Marli Caetano
Andréa Barbosa Gouveia (UFPR)
Jacques de Lima Ferreira (UP)
Marilda Aparecida Behrens (PUCPR)
Ana El Achkar (UNIVERSO/RJ)
Conrado Moreira Mendes (PUC-MG)
Eliete Correia dos Santos (UEPB)
Fabiano Santos (UERJ/IESP)
Francinete Fernandes de Sousa (UEPB)
Francisco Carlos Duarte (PUCPR)
Francisco de Assis (Fiam-Faam, SP, Brasil)
Juliana Reichert Assunção Tonelli (UEL)
Maria Aparecida Barbosa (USP)
Maria Helena Zamora (PUC-Rio)
Maria Margarida de Andrade (Umack)
Roque Ismael da Costa Güllich (UFFS)
Toni Reis (UFPR)
Valdomiro de Oliveira (UFPR)
Valério Brusamolin (IFPR)

SUPERVISOR DA PRODUÇÃO — Renata Cristina Lopes Miccelli

ASSESSORIA EDITORIAL — Bruna Holmen

REVISÃO — José A. Ramos Junior

DIAGRAMAÇÃO — Renata Cristina Lopes Miccelli

CAPA — Julie Lopes

A frente do meu tempo,
Eu sou alguém que olha para trás enquanto espera
e dá de cara com o julgamento.

Som na Caixa
Esquadros
Adriana Calcanhotto

Eu ando pelo mundo
Prestando atenção em cores
Que eu não sei o nome
Cores de Almodóvar
Cores de Frida Kahlo
Cores!

Passeio pelo escuro
Eu presto muita atenção
No que meu irmão ouve
E como uma segunda pele
Um calo, uma casca
Uma cápsula protetora
Ai, Eu quero chegar antes
Pra sinalizar
O estar de cada coisa
Filtrar seus graus

Eu ando pelo mundo
Divertindo gente
Chorando ao telefone
E vendo doer a fome
Nos meninos que têm fome

Pela janela do quarto
Pela janela do carro

Pela tela, pela janela
Quem é ela? Quem é ela?
Eu vejo tudo enquadrado
Remoto controle

Eu ando pelo mundo
E os automóveis correm
Para quê?
As crianças correm
Para onde?
Trânsito entre dois lados
De um lado
Eu gosto de opostos
Exponho o meu modo
Me mostro
Eu canto para quem?

Eu ando pelo mundo
E meus amigos, cadê?
Minha alegria, meu cansaço
Meu amor, cadê você?
Eu acordei
Não tem ninguém ao lado

*Sobre ser mulher, morar sozinha, se sustentar e
se encontrar fugindo, nem que seja para dentro...*

Sumário

NINHO............21

Dia do trabalhador e minha vida mudou............22

Eu, sem tela na janela............23

Nossa senhora portaria e seus anjos porteiros............25

Alô, porteiro............27

Uma interfonada para questionar............28

Meu esconderijo e altar............29

Em nome da barata............30

Ousadia na cozinha............31

Miss delivery universal............32

Ex-rotina............33

Preço da faxina não, valor da faxineira............34

O desespero-chave............35

A primeira vidraça a gente nunca esquece............36

Quando inunda............38

Entre a chave de fenda e o Deus me defenda............40

*E por falar em utilidade............41

Pai de menina............43

Não há dependência em agradar............44

Tradições familiares afora............45

Respeito e estabilidade na vida das crianças............47

A confusão das vizinhas............50

DE CASA............53

A escolha de me bancar............54

A perseguida............55

A carência do trajeto............57

Nem toda carona quer te levar pra casa............57

O maldito copo d'água............59

Aliança fake............60

Homenagem desastrosa......63

Vítima......65

Pior proposta......67

A velocidade em mim......68

Os irresistíveis......70

Moço da torneira......72

A vez em que um homem virou menino......73

L A R......75

Um certo alguém......76

Presença confirmada......77

Querido Jhon,......77

A sorte te tira para dançar......78

Pilha-te......80

As barras pra me segurar......81

Malabarismo......82

Cross foda-se......83

Par teens......84

Voltar e conseguir subir as escadas......85

Eu não posso adoecer......86

Jatada de sucesso......87

Dó do Só......88

Só de sozinha e só de solidão......89

Dá licença, estética......90

Reflexo: em cima do muro e chumbo dos dois lados......91

Amor em frente ao espelho......94

Mas prefiro chá......94

Dark em mim......96

Dê limite a essa tradição toda......100

Quadrado rola......101

Fugir pra dentro......102

Pijama é o novo normal......102

A louca do Natal......103

Vestígios de 2020......104

VOAR 106

Casa dos pais ainda é lar 107
Lar é sentimento e bagagem 108
Empreender não é um mar de rosas 109
Mudança 110
Concordo em discordar 111
O mundo lá fora 112

Agradecimentos 115

Seja bem-vind@!

Sempre pensei em escrever um livro. Nos lapsos em que tento resgatar na memória momentos em que busquei salvação, a escrita foi uma espécie de bout abóbora florescente que se exibia como melhor saída, ainda mais enquanto morando só.

Uma vez até cheguei a iniciar algumas páginas (que reli, achei péssimas e dei um jeito de perder). Lembro que dessa vez cheguei inclusive a pesquisar algumas editoras que pudessem comprar minhas viagens mirabolantes fora da casinha, mas por todo o descrédito e medo de ser avaliada e frustrar expectativas das pessoas queridas que têm fé demais para depositar em mim, resolvi adiar. Síndrome da impostora, conhece?

Eu me fiz realmente acreditar que até minha mãe teria uma edição do meu livro por obrigação e enumeraria as cláusulas para não me expor assim; que eu não teria por onde caminhar dentro do meu AP por causa das caixas entulhadas de livros que ninguém quis levar e, pior, teria a caixa de mensagem lotada de críticas como nunca tive de elogios e incentivos para dar um empurrãozinho no meu trabalho. Sei lá, eu gostava mais do meu blog que o público, que achava que eu escrevia demais. Gostava mais da minha coluna no site que o editor, que me *cancelou* por temer as verdades diretas demais (censurada!).

Sempre acho que escrever um livro arriscando um público é ter coragem demais sem ter um esconderijo para voltar. E eu passei a acreditar que prefiro a adrenalina de um paraquedas a ficar vulnerável à leitura de alguém. Engraçado, logo eu que levo a vida quebrando barreiras que me cercaram como uma mulher que mora sozinha em cidade razoavelmente grande. Eu que vivo dando às costas para interpretações que não me sustentam, hipocrisias que não me convencem, definições que não me acolhem e ainda querendo explorar sempre mais das novidades que estão por aí...

Sim, eu mesma!

É que às vezes eu me acho carismática, mas na maior parte das vezes prefiro a opção de estar só na minha concha. Às vezes eu acho que as pessoas se esforçam pra me tolerar e eu me sinto mesmo um pé no saco, sabe?! Ninguém quer falar de assunto sério, é cada um por si. Estou cansada de saber que tenho que cuidar primeiro de mim, mas onde escondem o "ser parte daquilo que acredita"? Como encontro meu lugar fora das quatro paredes do meu AP? Até penso em pedir tutoriais para ser melhor em ignorar, mas desisto. Não conviveria bem comigo se caso aprendesse.

Sigo tentando ser sociável, mas, na maior parte das vezes, sou independente demais, teimosa demais. E as pessoas aceitam quem aquece o coração, mas não esquenta a cabeça. Poucas pessoas gostam de quem toca na ferida, preferem quem dá três tapinhas nas costas chamando de "querida" mesmo que seja pura falsidade.

Às vezes me acho humana demais para agradar, bicho do mato para cativar. E já vou dar uma pausa aqui para colocar "Vou morrer sozinho" do Jão para dançar e me dedicar! (Jão, eu te amo e vou morrer do coração se você me notar).

Começo outra vez porque...

Este pretende ser um livro de aventuras, não um repeteco fuleiro das *Desventuras em Série* versão Laís Story Horror. Não vim me confessar, embora esteja disposta a abrir a porta do meu peito e correr o risco de que sua flecha me acerte. Torcendo mesmo para que você vire meu parceiro Peeta nesses *Jogos Vorazes* em que todo mundo acredita fielmente que para sobreviver tem que derrotar ou submeter alguém a algo. Vamos pular esse muro? Vamos! Somos almas livres para voar e voltar para casa, amém!

Ultimamente tenho me policiado bastante para que a autossabotagem não seja uma realidade constante na minha vida. Sou uma capricorniana apegada demais ao que entendo como realidade, mas tenho me deparado com tanta coisa inacreditável [Escrevi a maior parte do meu primeiro livro numa pandemia com experiência de quando eu saía de casa, dá pra crer?].

Pois bem, coisas inacreditáveis demais não me fazem alimentar direitinho a tal da esperança. Aliás, o que ela come? Acho que a minha corre risco de morrer de inanição. Me recuso a acreditar que este livro vai ser um best-seller e que já nessa minha apresentação extremamente íntima eu faça você se sentir em casa. Não é como se eu não quisesse isso, quero demais. Mas é como querer encontrar roomies (apelido carinhoso de " pessoas que dividem um ap") que vão despertar em mim o desejo de dividir minha rotina após anos morando só. Na minha cabeça, a probabilidade somada às experiências não resulta em boas promessas.

Aff! Cheguei aqui e já tô pensando que você quer realmente desistir de ler porque eu não consigo seguir uma linha de raciocínio sem confissões aleatórias. Acredite, minha proposta é deixar vocês notarem essa garota que amadureceu um tanto e que diariamente luta para se tornar uma mulher mais consciente. Um alvo de cantadas e abordagens heterotopizeiras da nossa cultura ainda tão machista. Uma comunicadora no mercado de trabalho. Um bom punhado de coisas que, admito, dá para escrever um livro sem esperar que pare nas telas de Hollywood como um romance, embora pudesse alcançar uns bons roteiros mexicanos de drama.

Vamos à rotina

Desconfio que alguns dos envolvidos cheguem a ler, mas se alguma coisa por aqui parecer familiar, eu não vou me desculpar. Sério!

Não se sinta menosprezado porque nos encontros desta vida não nos tornamos uma história de amor e eu preferi seguir só. Eu quero te dizer que em nenhum momento brinquei com sentimentos ou quis desmerecer alguém. Se tem uma coisa que me causa gratidão é alguém me dar umas pílulas desse remedinho que se chama rir. Neste eu acredito e tenho fé, independentemente de qualquer ciência.

De coração, sou grata a todos que me acolhem quando, citando Los Hermanos, eu digo que "sair de casa já é se aventurar". Agradeço a todos que de alguma forma se tornaram história para compartilhar. De forma certa ou errada, até o cara mais sem noção deste livro me ajudou a ser a mulher que sou e é importante de uma forma diferente da qual se propôs.

Entre e fique à vontade

[O trecho que eu iria jogar no lixo]

~~Pra ser leve e fazer jus à permissão de entrar na sua casa, eu preciso dizer que...~~

~~Eu costumo ser bem focada e não fugir do objetivo, mas estou fazendo questão de me dispersar e perder o foco por aqui. Talvez esteja fugindo mesmo. Fugindo de me expor, fugindo do risco.~~

~~Eu sou um ser em fuga. Fujo de convites desnecessários, de perder o horário no meio da semana, de estar onde não me sinto à vontade. Fujo nem que seja para dentro de casa, de mim, para os vários livros da lista que tenho para ler ou séries para atualizar. E, veja só, encontro-me lutando contra a fuga de realizar um sonho, rs.~~

~~Fé no pai que essa obra sai!~~

~~De repente tenho 30 e vários dos autores que eu tenho lido são mais novos que eu. Sim, eu sei que cada um tem seu tempo para realizar-se, mas para mim o meu tempo sempre foi anteontem porque ontem já estava atrasado.~~

~~Sobre escrever um livro, sinto que sou capaz sim, dou bons conselhos apesar da minha dificuldade de fazer por mim. Sou pautada em estudos, sentimentos e boas práticas. Se eu escrevo, gosto de escrever (até demais) e, por alguns cases da vida, consigo ajudar as pessoas com a minha maneira de enxergar, talvez esteja adiando meu livro-apenas-só por sabotagem mesmo.~~

~~Você já se sentiu sabotando sonhos? Eu percebi neste exato momento que estou compartilhando com você que está lendo — a quem eu tenho uma gratidão tremenda por ter chegado até aqui e continuar a seguir — que eu talvez esteja mesmo sabotando esse de tantos sonhos que prefiro aquietar e mudar o foco para fugir de uma possível frustração. [Esse é o momento em que você pensa "que moça louca" e eu não discordo]~~

Mas eu costumo fugir de tudo que me põe em risco de bagunçar esta casinha que vos escreve [e a que eu habito também] e pela qual faço malabarismo para manter estabilizada. Todo o possível para não sofrer, tudo para não doer. Porque, meu amor, se tem uma coisa que entendi nas experiências desta vida é que não sei lidar com dor.

As minhas dores parecem profundas demais. Eu sinto demais. Dói, dói, dói, dói e se você não aguenta mais ler isso, respeite minha dor! Não é como se as dores dos outros fossem menores ou menos importantes. Longe de mim. É como se quando eu sentisse a minha, ela fosse imensuravelmente maior que eu e eu fosse imensuravelmente cruel comigo mesma a ponto de me fazer suportar sozinha ou compartilhar apenas com um profissional, pago para isso, e olhe lá.

Algo insiste e persiste em gritar aqui dentro que "ninguém tem nada a ver com meus problemas", embora me envolva para escutar cada problema alheio que, tenha dó. Fato é que a dor me inunda. Me diminui. Me transtorna. Desalinha. Me rouba de mim e, especialmente, faz com que todas as coisas percam a graça e o sentido.

Deus me livre só de lembrar momentos de dores emocionais. Mas não sei como te fazer entender que não é aquele tipo de coisa que dá e passa tipo calafrio. É como se chegasse e deixasse tudo sombrio de forma que se torna bem pesado me manter dentro de mim sem querer estar.

Pelo que sei, a dor não costuma ser amigável com ninguém, mas eu realmente não consigo achar jeitos mais rápidos de contornar as minhas. É tipo aquela temporada de série que não indico. E, como a minha terapeuta já falou, em hipótese nenhuma vou arranjar um controle remoto para pular de fase na vida, a melhor maneira que encontro de lidar é me esforçando para encontrar a graça no caminho.

Quando passei a buscar a graça, acredite, ela deu um jeito de habitar em mim.

NINHO

Dia do trabalhador e minha vida mudou

Foi em um 1º de maio que minha vida mudou. Dia mais estranho de começar a trabalhar e fazer uma mudança às pressas. Pois é, começar um novo emprego em feriado deveria ter me antecipado algo do que eu estava para viver, mas quem consegue alertar um recém-formado que ouve o primeiro *sim* e já planeja o que fazer com o primeiro salário?

Foi nesse impulso que minha vida mudou. Meus pais, coitados, acho que até hoje nunca se acostumaram em manter o coração nas mãos por mim. "Hei, aquele teste que eu fiz, passei. Segunda preciso estar lá já para trabalhar", e foi assim que anunciei o resultado. Sorte que o apoio que eu recebo é incondicional, nunca me impediu nem mesmo de largar um curso promissor para fazer "jornalismo"?! [Nunca veio sem emoções, se é que vocês me entendem]

Nunca me impediram de voar, mas pra deixar o coração menos disparado, nunca parti só.

Foi corajosa a forma que minha vida mudou. A minha primeira mudança foi aos dezessete e foi logo de estado. Mas morei com parte da família, sangue do meu sangue, melhores companhias. Segunda vez, comecei numa pensão até conhecer amigas que me fizeram escolher dividir um AP e as contas na época de faculdade. Dessa vez era sozinha mesmo, numa cidade que até então eu não conhecia ninguém. Pelo menos não pessoas que eu fosse pedir abrigo sem autocobranças ou mais satisfações na minha nova rotina corrida.

Foi engraçado como a minha vida mudou. Na casa dos meus pais, no sudoeste da Bahia, eu não tinha muito o que adiantar. Cheguei em Feira de Santana apenas com a pesquisa de apartamento em condomínio fechado. Entrei, me apaixonei à primeira vista, seria ele minha primeira conquista. No topo, na quina, pequenininho, aconchegante e claro. Parecia feito para mim e ainda tinha o bônus

EN[QUADRO]

da segurança, que, em primeiro instante, era a prioridade dos meus pais. Contrato firmado e eu pensando que caberia ao tempo ir ocupando meu lugar.

Foi leve como a minha vida mudou. Chegando do meu primeiro dia de trabalho, meus pais tinham realizado o milagre de deixar o apartamento habitável. "Como te deixaríamos aqui assim?", perguntaram quando eu me choquei com mais que o necessário já arrumado. Sim, até da faxina de mudança me pouparam.

Foi inesquecível a forma como minha vida mudou. E talvez meus pais não saibam que eles nunca me deixaram, permanecem comigo em tudo nesse elo que por tantos dias foram raros. Desde então, habito meu A311 com gratidão. É aqui que faço história, incremento do meu jeitinho e adquiro mais um tanto de aprendizagens.

Eu, sem tela na janela

Eu tenho um apego especial por este apartamento em específico no condomínio que ocupa um quarteirão no centro da cidade em que moro. Nunca fiz mudança aqui dentro, mas posso afirmar que não moraria em nenhum outro AP por mais que a melhor arquitetura me agradasse. Pra mim, o que torna o meu canto perfeito é a localidade.

As quitinetes daqui se configuram em dois cômodos amplos divididos em sala/cozinha e quarto/banheiro. Os recintos são separados por apenas uma parede e cada piso tem nove destes. Dividimos os corredores e as escadas no que chamam de estilo alemão. No térreo pesa o calor do sertão; no primeiro andar, os passos do próximo combo de escadas. Para trás, outros sete blocos totalmente iguais. No centro, uma área de lazer e, ao redor, árvores e garagens.

O meu AP fica no primeiro bloco, último piso, numa esquina que me garante apenas uma vizinha ao lado e outra embaixo. É perto da portaria a ponto de poder escolher entre a voz e o interfone. Na minha vista me deparo com o movimento da rua larga que é perpendicular às em que ficam o fórum municipal, um colégio estadual e um batalhão policial. Tenho dois blocos de escadaria para descer, o que já equivale a um exercício quando tenho que sair. Mas posso dizer que vale a pena cada degrau que tenho que subir, com compras ou sem salto.

Por padronização, todos os apartamentos são brancos, com madeira das janelas e portas lilases, feito casa de boneca. Além disso, as vidraças largas somadas ao branco do piso ao teto proporcionam a melhor claridade. Uma janela logo na sala e outra proporcional no meu quarto. Se deixo ambas abertas, garanto o melhor vendaval e nada leve no devido lugar. Se as fecho, ainda assim, sei se é dia, noite, se chove ou faz sol. Tem gente que evita a realidade e aumenta a privacidade com bons metros de cortina, mas eu aproveito o ar para driblar minha rinite e perpetuar minha intimidade com o mundo lá fora.

Sei sobre os dias pacatos e outros agitados só por pequenas olhadelas pela minha tela. Sinto o silêncio de evacuação quando não viajo em feriado.

Eu que gosto e nunca temi o escuro, também sou apegada à luz para renovar minhas energias. Gosto de poder dormir com a janela do quarto aberta enquanto conto estrelas. Pra mim não basta a luz artificial, tenho que tomar banho de lua e deixar que o sol me surpreenda quase nua. Gosto de perceber que, mesmo cercada de concreto, tem algo aqui, além de mim, que é natural e irradia.

Tenho que admirar o pôr do sol dourado ou aquele que deixa o céu cor-de-rosa. Tenho que pensar que por pouco o tesouro do arco-íris não se escondeu aqui dentro. Tenho que acordar com os pombos desorientados fazendo amor no telhado e me dar conta de umas visitas raras de pássaros enquanto eu trabalho. Tenho que levantar para ordenar a bagunça do vento. Valorizar quando a chuva ou a neblina representam perfeitamente os tons de cinza. Atentar à hora para amenizar o estrago que causa o acúmulo de muriçocas.

EN[QUADRO]

Acredite, não existe nenhum refletor capaz de reproduzir a iluminação do entardecer refletido no piso que eu danço com os pés descalços. Eu amo quando chego a tempo (ou nem saio) para ver que o meu AP é o mais perfeito palco e se faz cenário. Parece bobagem, mas pior que o caos da ventania seria me contar aprisionada em uma rotina de cimento pra todo lado. Planejo viver em São Paulo, mas confesso que prédio para todo lado me traria um pouco de tormento.

Não me incomodo com latidos e sussurros, faróis, sirenes e buzinas. Com as pessoas que se encontram de passagem pela minha porta e resolvem revezar a ida à padaria da esquina. Até a gritaria da criançada na varanda e a música alta do bar da frente, que só funciona aos fins de semana, servem para me lembrar da humanidade de uma forma diversa.

Deixo que a melhor parte do mundo invada minha casa e rompa a parte metódica da minha organização. Essa é minha visita preferida e a que melhor vou recepcionar. Eu, que cresci no interior, quando saí de lá, me permiti alegria por aspectos de civilização. Mas quando sou agraciada com a simpatia da simplicidade da natureza, deixo entrar, peço para ficar, me permito sentir e sei que preciso viver intensamente e descobrir mais da mistura que sou enquanto estiver aqui.

Nossa senhora portaria e seus anjos porteiros

O que seria de mim sem essa santa? A majestosa portaria. O que seria da minha vida sem meus nobres anjos porteiros?

Não é à toa que por anos morando no mesmo lugar eu só me preocupei em lembrar o nome deles. E confesso que cumprimento todo mundo que encontro por educação, mas os porteiros eu conheço! Chamo cada um pelo nome, até aquele mais atrapalhado com o uso do interfone que faz o meu delivery voltar ou me ligar desesperado.

Quem mais falaria "dona Laís, chegou sua encomenda"? Pra mim não há mesmo nenhuma melhor declaração de amor. "Não precisa me chamar de dona", sempre lembro e não tem jeito. Já não sinto o peso porque deixo claro que entendo o respeito, mas eles não têm obrigação. Por mim, não.

Quem vai abrir rapidamente o portão de madrugada sem que eu tenha que buscar a chave para entrar? Mesmo se acordar no susto de um cochilinho porque quem no mundo iria se manter alerta contra o sono no silêncio sorrateiro de uma guarita na madrugada? "Desculpa te acordar", penso sem falar.

Quem sempre vai prezar por minha segurança quando eu tô ansiosa e impaciente com a demora do transporte e insisto em esperar do lado de fora da porta? "Espera dentro, moça".

Quem vai me parar no meio de uma campanha agitada para me lembrar que não sou máquina, sou gente, tenho que conversar e sobretudo ouvir os casos que ele tem pra me contar? Para lembrar que posso informar. Pra lembrar que todo mundo influencia de alguma forma. Basta ter um tempinho para dedicar. "Por causa de você eu votei nela" é o choque de ouvir.

Quem vai ver que não vou aguentar subir blocos de escada com o peso da mala e, prontamente, sem qualquer obrigação, vai se dispor a carregar para me ajudar?

Quem vai me entregar a papelada já dando risada quando é conta dia de sexta-feira à tarde? "Hoje não tem conta não! Haha", segunda melhor declaração.

Quem vai me lembrar da data quando tenho que assinar comprovação do que chegou pra mim?

Quem vai lembrar dos meus amigos, independentemente de colocá-los no livro, e já deixar subir?

Quem vai esconder debaixo da mesa as encomendas que minha mãe mandou de outra cidade, mas que pelas regras do condomínio é proibido receber se não for entregue pelos Correios?

EN[QUADRO]

Quem vai pedir sacola plástica e me emprestar martelo e chave de fenda?

Quem vai me indicar o melhor profissional para o serviço mecânico/elétrico/doméstico que eu precisar?

Quem iria me interfonar em meio aos ofícios do home office de quarentena para ver o sol se pôr ou o nascer da lua porque um dia me viu tirando fotografia e sabia que eu poderia gostar?

Se você é mulher e quiser morar só em uma cidade, sem dúvidas a segurança é um dos tops a priorizar. Mas torce para que nas sortes da vida seu condomínio tenha uma guarita com gente sincera e cheia de história de vida como o que eu vim parar.

Alô, porteiro

Se assim como eu, você tem um problema seríssimo em dizer não e não sabe o que dizer para ser mais enfático na decisão de um término, vou te contar uma das experiências mais vergonhosas em que eu recorri a uma letra de arrocha e envolvi o porteiro em um ato de desespero.

Sabe aquela letra: "Alô, porteiro, tô ligando pra te avisar que essa mulher que vai sair está proibida de entrar"?! Pois bem, no meu caso foi um cara e eu já não sabia o que fazer para evitar sua presença.

Eu não queria mais ficar, eu não queria brigar, não queria prolongar a história que não daria em nada, não queria visita fora de hora e já não sabia o que fazer para aquela situação acabar: todo dia o interfone tocava avisando que ele queria atentar na minha porta.

Pois bem, dei o aviso ao porteiro para ele fazer o trabalho por mim. Se ele não entendeu, preferiu não perguntar, fulaninho de tal não podia mais aparecer para mim e não precisava nem me consultar. Dito e feito.

Acredita que eu ainda recebi uma ligação no celular para aparecer na janela? Desliguei calada e deixei o tum-tum-tum sinalizar meu silêncio como mais clara resposta. Não apareci nem para acenar.

É preciso que todo mundo entenda que o limite da conquista é a perseguição. Já estava pior que encosto.

É cada barra que o porteiro quebra pra gente.

Mas sobretudo essa é uma barreira que nós, mulheres, precisamos quebrar. "Não é não" vai muito além de um adesivo estampado no carnaval. Se não entende um não, aceita o tchau. Na minha casa você não entra não. Nem mais.

Uma interfonada para questionar

— Oi, você faz programa?

— O quê?

— Faz programa?

— EU NÃO!

— Ah, tá.

Tum tum tum.

Pera, no susto nem deu tempo para processar. Quem era? O que fez te achar? Por quê? Foi trote? Pegadinha! Ia me contratar ou queria revisar um book rosa? Que programa mesmo?

Deve ser a crença de que mulher sozinha tem homens para sustentar. Ah, tá.

[ENQUADRO]

Meu esconderijo e altar

Dos cantinhos peculiares que "dei minha cara", da minha estante é que gosto mais. Ciúmo mais. Me orgulho mais e sou totalmente *comprometida*.

São quatro cubos em que me encaixo. Não eu, meus livros. Nada melhor que Carpinejar, Martha Medeiros e agora Ruth Manus com pitadas de Brené Brown e Shonda Rhimes para caber direitinho por mim. Nada como Edgard, Ique e Matheus para me provar que eu posso chegar a esse lado da força.

Pode parecer história, mas nos livros carrego fases. Nem sempre poéticas, nem sempre crônicas, nem sempre fictícias. Um planeta só pra mim e minhas rosas, pérolas, preciosidades desde a primeira literatura que cativei.

Eu tenho o maior amor do mundo por uma lista de seriados e playlists feitas com dedicação e sucesso, mas não imagino um lar para viver sem um cantinho que seja tanto de mim assim.

Num paradoxo complexo, a minha estante era um dos poucos lugares da minha casa que sempre expunha em fotos, mas quando a visita depositava os olhos e as mãos ali, despertava profundamente a Bella que não conseguia viver sem Edward, com a revolta de Katniss, que tornaria voraz qualquer tentativa de se aninhar no meu Trono, vulgo pufe. A divergência ficava mesmo por uma Tris e a culpa não seria das estrelas.

Pensando bem, reuni minhas pedras e, no meio da sala, montei meu altar. Loucura essa minha de querer afastar todos que obviamente são cativados por um pedacinho do Universo que naturalmente chama a atenção. Haja vela e reza. Mexe na minha essência que berra: "Não mexe, não!".

Em nome da barata

Sou a fodona corajosa e destemida até me deparar com a dona baratinha. Meu amor, minha pose de mulherão da porra (ou seria bandida má?! Malvadona?) acaba na hora.

Tenho sim um passado que remete a uma situação parecida com a que Johnny teve com as baratas no filme. Mas meu pesadelo foi a realidade de uma criança curiosa e inquieta que arrasta caixa de garrafas vazias no quartinho de bagunça.

Se a barata tem asas, ela automaticamente me dá asas também. Lembro como se fosse ontem, mas era adolescente e ainda considerava qualquer contratempo um mico. Nesse dia eu saltei no colo do meu pai como uma bebê ao avistar o mover de asas enquanto voltava do estender minha toalha no quintal. A situação é constrangedora até pra lembrar como meu pai me amparou sem entender nada da minha aterrissagem de volta à cozinha. Aquele dia paguei um king kong.

Já morando só, barata foi batizada com o sobrenome do Desespero. A sensação é tão irracional que já fiquei presa durante quatro horas no banheiro. Sei lá, daria tempo de ela passear e sair se quisesse. Eu que não iria afrontar nem dormir mesmo.

Outro dia, avistei uma miserável na sala. A agonia foi tanta que liguei para um amigo. Entre risos, ele me orientou com toda calma a jogar um pano de chão em cima dela e cuidar da finalização. Genial! Dei tanto de pau que mataria até a geração futura dela. Eu disse muita paulada? Mas foi muito a ponto de o porteiro ligar por ter recebido uma reclamação de barulho do apartamento de baixo. "Me desculpe, eu estava matando uma barata".

Lembro de outra vez que cheguei em casa e vi uma barata sair disparada do banheiro para meu quarto como quem é pega nua e desprevenida após sair de um delicioso banho. Eu dei um faniquito que, se ousasse corresponder ao que passava por minha cabeça, tinha

EN[QUADRO]

saído de casa na hora. Seria a nova habitante da varanda. Passaria o AP em nome da barata. Bom proveito! Não voltaria ali jamais.

Ousadia na cozinha

"Quem me conhece um tiquinho sabe" que nunca na vida eu gostei de cozinhar, prática árdua e perigosa que rende outras atividades cansativas e cicatrizes. Dou trabalho até pra comer, quem dirá…

Essa peculiaridade faz com que eu passe longe de ter "talento" culinário e não seja esse tipo de pessoa phyna que promove em casa encontros degustadores que vão além de pipoca e brigadeiro.

Mas nessa quarentena eu percebi que, mesmo morando só há anos, eu sei pouco ou quase nada dos meus hábitos. O fato de sempre necessitar recorrer ao mais fácil por estar sempre cansada demais pra cuidar da alimentação me fez fazer compras de mês faltando coisa. E sim, fiz comida sobrando também porque eu definitivamente desisto de tentar adivinhar quantidades por gramas. E tudo bem, não perco nada, conservo ou compartilho com aquela vergonha de a pessoa me perguntar se eu não tenho vergonha.

Fiz uma "pizza artesanal" como prova do quanto eu tenho me surpreendido quando me permito ousar. Continuo valorizando muito o serviço de quem faz porque, olha, não é prático, é desgastante e não é todo dia que eu tenho saco. Minhas "artes" não chegam aos pés do restaurante que faz de um jeito específico ou do meu apreço por sair e conhecer lugares novos, mas tem sido prazeroso poder provar e dizer: eu que fiz. Eu consigo.

{E basta que esteja bom pra mim, porque tem coisa que não sai boa e eu passo pano.}

Ah, e não se autoconvidem para jantares ou almoço pós-quarentena, sério. Essa confissão não é um começo de uma fase de alguém que vai começar uma carreira no masterchef com receitas gourmet fantásticas. Tô mais para a Dora aventureira descobrindo mais uma coisa que eu posso, nos dias em que estou a fim, sem qualquer obrigação, avaliação ou intenção de agradar alguém além de mim.

Miss delivery universal

Amo ter uma rotina, mas também amo as margens que abro para sair dela e apreciar decorações, variar cardápios, conhecer novos lugares e compartilhar indicações e avaliações. Amo encontrar o que preciso e com o que me identifico, embora saiba que não seja fácil me deparar com o criativo que me transborda.

Tenho faro fino para rastrear restaurantes pelo simples prazer de sentar, admirar, degustar e depois não ter sequer um prato para lavar. Isso, passe o tempo que for e a inovação que vier, não vai mudar.

Eu, que amo supermercado, delicatéssen e farmácia, nunca encontrei nenhum problema maior que a falta de tempo para dedicar passeando na definição das compras do mês que se tornaram semanas. Já em shoppings e lojas, sempre precisei de um pouco mais de tempo para me convencer a garimpar.

Tudo tem um custo, um deslocamento, uma produção e uma disposição que nem sempre me disponho. E aí entra em vigor o meu novo talento: a busca por boas condições de entrega em casa.

Mas não é somente o frete grátis que me chama a atenção. Nunca me senti tão realizada ao "entrar" e não ser visualmente inspecionada ou correr o risco de ser assediada por um vendedor cobrando minha escolha, me oferecendo cartão e acompanhando onde quer que eu vá. Entendo que, às vezes, nem é racismo ou arrogância, é só o cumprimento do exercício de bater metas e liberar mesas. Mas o fato é que e-mail e telefonema eu posso ignorar.

EN[QUADRO]

Os sites e aplicativos deram uma boa balançada na minha forma de consumo e compra. Um bom exercício para planejamento e controle do orçamento. A consciência que vinha com o tamanho da fila de pagamento e limite do cartão agora está mais rara, confesso. Tento compensar com a exigência por informações precisas, boas fotografias, segurança de dados e forma de produção.

Em vez de mesas, corredores e araras, dei maior espaço ao bom e velho rolamento. O melhor é que posso fazer tudo sentada e, modéstia à parte, sou ótima em mecanismos de pesquisa, sei filtrar e encontrar o que quero. Socorro, o "compre com um click" ainda vai acabar com meu poder de compra.

Eu, que lá nos tempos primórdios e com muito livramento, comecei minha trajetória de pedidos e lista de favoritos no Mercado Livre e AliExpress com milênios de espera, encontrei na Shein e na Shopee extensão quase instantânea do meu pensamento com direito a cupons para facilitar.

Mas é do iFood minha idolatria e paixão. Em qualquer cidade, a qualquer hora, o que desejar. Tenho meus queridinhos, mas não repito o pedido antes de dar uma bela rodada. E aqui nem falo do Uber ou 99 para me trazer e me buscar.

Continuo avaliando, preferencialmente bem, o avanço da comodidade que me tornou miss delivery. Pelo menos ao longo da semana, não garanto no final.

Ex-rotina

Domingo, preparo das marmitas.

Segunda, roupas lavadas e estendidas.

Terça, retirar do varal e colocar tudo no lugar.

Quarta, feira no supermercado.

Quinta, varrer o chão e passar pano.

Sexta, estar livre para voar.

E foi num desses voos que ele aportou comigo.

Roupas espalhadas no chão.

Bagunçou tudo. Me bagunçou.

Sábado, descanso.

Acabou a rotina, descompassou.

Preço da faxina não, valor da faxineira

Consegui o contato de Maria por ser esposa de um dos zeladores do condomínio. Ela deu um grau que a casa ficou até mais iluminada. Aff, Maria! Ela foi além, não arrumou só o superficial, organizou os armários, guarda-roupas e geladeira. Nenhum vidro ou móvel tinha pó. Ela foi ímpar e minuciosa. A sensação de chegar em casa e ser abraçada pelo cheirinho da faxina de Maria é a que queria todo santo dia. Mas eu ainda não tinha condições financeiras para arcar seu serviço com constância maior e Maria, que encontrou um trampo fixo, indicou Lia.

Lia era igualmente perspicaz, antecipava minha lista de compras e fazia sempre algo a mais. Um dia, nas melhores das intenções, até meus livros ela limpou e "reorganizou" ao seu jeito. Um amor! Amor que demonstrava pela filha, ainda com onze anos, que, por ser a única menina das quatro crias, era quem a acompanhava na lida. Sabe Deus o destino da Bia, ela "precisava", nas horas vagas, aprender a "trabalhar".

E nos corredores tinha Rita sempre carregando uma trouxa de roupa suja ou já lavada e passada para entregar. Com a demanda louca não era de se estranhar que vez ou outra uma blusa fosse parar em outra casa. Nos dias de colheita, logo às sete e meia da manhã uma interfonada para perguntar: "tem roupa hoje?". A entrega era na

EN[QUADRO]

guarita porque, enquanto reunia as trouxas da freguesia, ela aproveitava para faxinar, vistoriar e o que mais pudesse fazer para ganhar um extra. Pizza brotinho, ovo de colher, quantas Ritas existem em uma só mulher?

Além das marcas registradas para sempre voltar, aquelas mulheres tinham mais em comum. Classe e cor. Que navio extraviou Deusas? Que alforria aprisiona qualidade no reconhecimento mínimo? O trabalho doméstico é, ao meu ver, o mais exaustivo e repetitivo. Por isso mesmo, um dos mais preciosos serviços.

Muitas profissionais exemplares, no entanto, são enquadradas a compreender como "oportunidade" o acúmulo de demandas, sem vale transporte ou alimentação. Deixando suas marcas para voltar mais vezes, esperando por indicações e maiores frequências, driblam a falta de emprego e valorização.

Ao pensar no tanto que trabalham Marias, Lias, Ritas, eu chego a me questionar: será mesmo que eu não consigo lidar com meu minúsculo apartamento após oito horas sentada no escritório?! Mas não, é um privilégio para mim, semelhante, poder tratá-las com respeito e admiração em minha casa. Reforçar o valor de suas vidas, suas existências, suas histórias. Incentivar o estudo, o benefício, a ascensão, e recompensar toda faxina que puder pagar sem qualquer pechincha.

O desespero-chave

Em devaneios de querer saber o impossível vocês tentam adivinhar como irão morrer? Eu tenho essas manias de pensamentos aleatórios e num desses cheguei à conclusão de que a minha morte será por "ausência de chave". Algo como "perdeu a chave e infartou", "esqueceu a chave e se espancou".

Nada faz meu coração descompassar tão forte quanto a viabilidade de ter perdido ou esquecido a chave. É um desespero insano que por uns segundos esqueço da possibilidade de conseguir entrar em casa e encontrar tudo no lugar. O pensamento acelerado me julga e diz: "fiz um convite para alguém me roubar por pura displicência".

Nem deixar a chave dormir do lado de fora da porta ou deixar a porta destrancada, nem passar meses com a vidraça quebrada, nem deixar a janela da rua aberta enquanto eu durmo desavisada. Exatamente nada me deixa mais apavorada que lembrar que posso estar sem a chave.

Uma vez, ainda na faculdade, cheguei numa correria tão grande para um evento que esqueci a chave na ignição da moto e só me dei conta quando já estava de volta para casa.

Sorte, bênção ou livramento? Não sei. Mas a bendita da chave virou meu maior tormento. Desde então estabeleci uma pressão psicológica tão grande que chego a me estapear procurando chaves.

Morando só, tive que encontrar táticas: mais de uma cópia para cada bolsa, cópia escondida na plantinha, cópia com alguém de confiança e, ainda assim, já saí sem bolsa ou esqueci duas chaves lado a lado em cima da mesa, a centímetros da porta, enquanto eu via a cena da vidraça, trancada do lado de fora.

Tenho milhares de chaveiros, muitos deles por enfeite ou lembrança. Coisa que daria até para colecionar. Quando alguém me presenteia com algum desses marcos de viagem, morro de amores antes de sentir a premonição: vou morrer sem chave.

A primeira vidraça a gente nunca esquece

Sábado à tarde.

Cansaço de fim de expediente.

Podia jurar que a chave estava naquela pequena bolsa que carrega parte do meu mundo e nunca entendi como cabe.

EN[QUADRO]

Tudo pra fora como se ela estivesse numa mesa de operação. Tudo no chão.

Não estava no bolso.

Não é possível.

Não existia ali profissional chaveiro que estivesse sóbrio e não fosse triplicar o valor pela disponibilidade.

Bem que poderia ter aprendido aquela tática do grampo, prego ou alfinete que utilizam para arrombar portas em filmes, como se fosse fácil.

Trocar a fechadura não estava nos meus planos nem no meu orçamento. Não tinha cabimento.

Desci a escada, sondei o porteiro, que me disse: "Costumam quebrar a vidraça. É mais em conta e tem um senhor faz-de-tudo que já tem o material. A troca é rápida".

Louvei à nossa senhora portaria por aquela informação, mas no "costumam" o meu coração já tinha dado uma leve freada. Então não era somente eu a tremenda vacilona? Então mais gente sofria do mal da "estabanação"?

Voltei à porta. Encarei a janela e me perguntei como quebraria o quadradinho da janela que ficava mais próximo à porta? Era vidro. Eu nunca fui daquelas pessoas chiques e histéricas que num surto de raiva lança coisas no chão, na parede, que quebra.

Eu tinha medo de me machucar, embora naquele momento achava que merecia um bom arranhão para lembrar. Mas na mão não. Meu instrumento de trabalho.

Meti o pé como num bom golpe de caratê, modalidade que nunca estudei. Com o sapato, o tombo foi tão forte e certeiro que até um muro teria sido derrubado. Fortona! Foi caco para todo lado. Dentro e fora.

Meti o braço fino até que a mão alcançasse o penduricalho ali do lado. Abri a porta e o caminho para limpar a bagunça que tinha ficado.

Chamei o moço que consertou tudo e que me disse: "Qualquer coisa é só ligar, já tenho desses vidros estocados". Dei uma volta no condomínio só para perceber o tanto de vidraça quebrada que tinha naqueles blocos. Não, nem de longe eu era a única. Tinha gente que nem mais o trocava e já deixava a broca aberta com o espaço do braço. Desconfio que os moradores dali nem chave tinham nem medo de serem roubados.

A sina é triste. Não esqueci o episódio, mas esqueci a chave outra vez. Dizem que quando a solução é fácil a gente torna ao mesmo erro. Dizem: "Mandamento número um dos sem-vergonha".

Na segunda vidraça, já tinha uma plantinha habitando a janela. Tirei a bonita e utilizei o vasinho de madeira para fazer o estrago.

Era sábado à tarde.

Eu estava de saída com as visitas que tinha recebido.

Acho que os choquei com a rapidez da decisão, a tranquilidade para a quebra e a classe de colocar a plantinha disfarçando o rombo.

Peguei a chave, tranquei a porta, coloquei na bolsa e segui deixando para trás um buraco. Na volta soube que o moço que troca a vidraça tinha viajado. Passei dias naquela semana com o sopro do esquecimento fazendo ciranda na sala como quem assobia: esquecedora de chave.

Na terceira vez. Não me lembro mais. Mas houve.

Quando inunda

Depois de um dia inteiro esperando voltar para casa, sua expectativa é por um lugar que te acolha. A chave grite "até que enfim", a porta fale "demorou" e, ao abrir, tudo grite "bem-vinda, querida".

Mas há aqueles dias em que… choveu aqui? Que goteira louca foi essa que deixou tudo como uma grande poça? Posso não, são

EN[QUADRO]

dois dedos de água em todos os cômodos, nossa senhora da conta de água (vulgo Embasa por aqui).

Não é possível que deixei a torneira ligada. Não deixei mesmo. Estourou algum cano? Mas as paredes estão todas no lugar. Seria o chuveiro? Também não. A descarga disparou. Silenciosa. Do nada!

Depois de um dia inteiro esperando voltar para casa, encontrá-la inundada é como um convite à marcha ré. O desejo é "desver" aquilo, fechar a porta, abrir de novo e não ter passado de uma visagem, um surto coletivo de seus neurônios. Algo no estilo daquele viral da Camilla de Lucas, sabe?

Mas você está ali com os sapatos já molhados porque, no desespero da procura, estar descalça já era raciocinar demais. Ao menos a bolsa ficou em cima da mesa. E agora, José? Que José? Que Maria? E agora, Laís?

Depois de um dia inteiro esperando voltar para casa, decidir o que fazer primeiro, quando não se quer fazer nada, é um paradoxo tão complexo quanto *"quem veio primeiro: o ovo ou a galinha?"*. A hora já não era comercial para chamar um "bote salva-vidas", então melhor pegar rodo e pano de chão, não é mesmo?

Mas a água não poderia ser lançada corredor a fora e da última vez que lavei toda a casa me levou uma tarde inteira de sábado. Era noite de quinta-feira. Que ironia dizer que eu não teria saudades para um Throwback Thursday (vulgo #tbt) daquele dia. Com toda a força da expressão "de quinta".

Depois de um dia inteiro esperando voltar para casa, a última coisa que você quer é perceber que o "sextou" seria mais cansativo que o normal, já que o terceiro expediente resolveu massacrar. Ali estava eu, com rodo e pano de chão, mas sem poder voar nem fazer mágica. A vontade era chorar, mas, dadas as circunstâncias, lágrimas só iriam aumentar os mililitros de água ao meu redor.

Depois de um dia inteiro esperando voltar para casa, fiquei até a meia-noite encharcando pano, enchendo balde e depositando nas pias para me livrar sem advertência. Abri a tampa da descarga, grata por não ser embutida, puxei a travinha que impediria a caixa de encher e derramar. Não sei por quantos dias a descarga seria derramamento de balde, já que em horário comercial também não poderia estar ali para aguardar um profissional.

É sobre estar só, não poder adiar e dar jeito de não se afogar, porque tem dia que te inunda.

Entre a chave de fenda e o Deus me defenda

"Autonomia" é uma das palavras que ganham ênfase quando se mora só. A gente decide: aprender ou gastar um tantinho bom para cada probleminha que aparece. E foi com aulas no YouTube que virei expert em trocar resistência de chuveiro.

Quando falo expert, sou mais eu que aquele carinha que insistiu em trocar e queimou a resistência nova com a desculpa de que o meu chuveiro era diferente. Nossa! Eu falei que fazia, para que insistir e me fazer tomar banho de cuia por mais um dia? Ah, a teimosia. O ego. O que quer que seja que passa pela cabeça de um homem quando se trata de reafirmar sua utilidade*.

Eu nunca precisei me autoafirmar, mas me virar é sim uma coisa que me dá orgulho. A cada resistência no lugar, a cada lâmpada trocada, a cada tampa aberta, a cada fio que voltou a funcionar, buraco costurado, parafuso enroscado, quadro pendurado, ranhura colada, etc., me sinto mais independente e menos enganada.

Ainda preciso sim e muito de ajuda em serviços que não dou conta nem tenho os materiais necessários para fazer. Não tenho problema em pedir ou mesmo pagar. Mas antes eu vou pegar aquela chave de fenda amarela com ponta imantada que eu mesma escolhi e comprei para, pelo menos, tentar.

EN[QUADRO]

Não é por ser mulher. Em minha casa não entra o questionamento da capacidade por gênero. Não alugo marido, no máximo pago o serviço. Ser mulher é ter força e sabedoria para equilibrar o que vier de salto ou sapatilha. É ter coragem pra enfrentar o obstáculo que virá, e vem, sempre vem.

*E por falar em utilidade

Sempre que alguém julga ou aponta preguiça como característica de alguém bem resolvido com suas prioridades, eu me convido a lembrar que existem várias formas de preguiça e, para mim, a pior delas é a de pensar.

Deixou de cuidar da própria casa? Tá tudo bem. Há coisa pior: alcançar a exaustão tentando ser funcionalmente útil, mas fazendo algo inútil.

Na prática isso seria como mudar toda a realidade da sua casa porque irá receber uma visita, preocupado com o que ela, que não vive a realidade da sua rotina, vai achar.

A cultura da utilização do esforço físico e exaustivo na busca por validação como ser humano produtivo vem da escravidão. Não somos perfeitos e, embora parte de nós descenda de seres humanos que foram escravizados, não devemos seguir sustentando o trabalho forçado, a jornada exaustiva, a servidão por dívidas e/ou condições degradantes.

O trabalho, o exercício e o esforço, onde quer que seja, não devem soar como um martírio. A honra do suor do rosto e das marcas das mãos pode ser tão ingênua quanto romantizar sofrimento e dor. O trabalho não é a "materialização" do amor e, a depender de como está sendo conduzido o ofício, não é nem realização.

Por aí se espalhou a ideia de que é preciso ser apaixonado pelo fazer para ter sucesso. Isso virou um mantra e tem muita gente pairando nessa bolha. Mas a verdade é que isso só gera mais decepções, frustrações e falsas esperanças.

Quanto às tarefas sempre em dia no trabalho e em casa, atire o primeiro "preguiçosa" quem consegue ou o primeiro "nojenta" quem segue em paz.

O dito "faço por amor" vira moeda de troca, sabiam? Experimente falar para uma amiga que gosta de lavar pratos e veja se não vai ser a sua primeira proposta ao enfrentar uma linda e recheada pia. Você pode até fazer por amor, mas nunca será pago com amor.

Precisamos de recompensa para o nosso tempo, senão milhões de profissionais não estariam fazendo um trabalho que detestam.

Aprendi a passar pano pra mim e não para a casa: "tô cansada, não vou fazer". "Entre o prazo de entrega no trabalho e a trouxa de roupa, escolho o que vai render". "Unha feita e prato uma tarde na pia". "Se fulaninho se assustar, que me ajudar a limpar" etc.

Chega de romantizar o excesso de trabalho, horas a mais todo dia. Em casa ou na empresa isso só vai significar que o esforço é ineficiente e continuamos sem dinheiro mesmo, com demandas em atraso. Vamos sempre questionar esse modelo de "utilidade" e buscar relações melhores de e com o trabalho.

Seguirei sustentando o que alguns chamam de preguiça, mas meus limites me fazem entender que a melhor forma de ser humano é pensar: não sou escrava da utilidade nem refém das expectativas. O resultado de muito esforço, dor e sofrimento é um AVC e morte.

Ando no meu tempo, faço a minha vontade e, com raciocínio e responsabilidade, meu objetivo é realizar sonhos e viver a felicidade.

[ENQUADRO]

Pai de menina

Meu pai é um cara organizado por natureza, detalhista, amante de limpeza. Sempre trabalhou muito, mas nunca deixou a casa necessitada de atenção.

Não falo só de preparar o melhor pirão de água, mas ajudar a lavar, saber costurar e, a camisa dele, só ele passa. Tá que não chega a ser um Rodrigo Hilbert ou Thammy Gretchen, mas deixa muito pouco a desejar.

Meu pai nunca se poupou de tarefas nem me poupou de o acompanhar em nada. No futebol de domingo ou no barzinho com amigos ao lado da minha mãe, eu até gostava quando era eu que ia buscar o carvão só para ver o fogo virar brasa.

Meu pai também me ensinou a ter fé, a fazer sem esperar. Ah, como meu pai me ensinou a acreditar. E fazer o bem sem olhar a quem.

Em casa eu nunca troquei uma lâmpada, mas sabia que um dia eu iria precisar. Nunca precisei tomar banho frio, mas sabia de um trenzinho chamado resistência que tinha a mania de queimar.

Eu, um serzinho curioso, sempre gostei de alcançar a caixa de ferramentas que meu pai guardava logo no cantinho do quartinho de bagunça. Ele nunca colocava em uma altura que eu não pudesse pegar.

Eu destruí minha televisãozinha uma vez e nem foi com o martelo. Vendo meu pai encaixar parafusos eu sabia que era da chave de fendas que eu iria precisar. Eu só não sabia consertar mesmo.

Ainda que tenha faltado às aulas de direção do meu pai, não perdi a noção para pegar minha carteira de habilitação de primeira. Em tempos de faculdade, ele subiu na garupa da moto, descemos e subimos a ladeira quilométrica para então ele me entregar a chave e confiar que eu não iria me matar.

Hoje eu estou em outra casa, não posso recorrer ao meu pai sentado logo ali na sala, então alguns serviços de encanamento, eletricidade e até algumas montagens eu preciso encontrar alguém para contratar. Outros só peço a um moço por capricho, se não quiser fazer ou não tiver equipamento pra me virar.

Meu pai me criou como uma menina que não fica presa em porta emperrada ou não passa fome com vasos bem lacrados. Em vez de me dar limites, meu pai me deu asas.

Não há dependência em agradar

Um dia um namoradinho emperrou no pedido de que eu fizesse o prato dele de forma que, sinceramente, estava começando a me sentir uma vilã, acreditando que ele ficaria com fome se não atendesse à sua manha.

Confesso, a cada segundo tinha mais convicção de que não concordaria em fazer isso, a menos que ele tivesse alguma impossibilidade física de organizar seu próprio prato.

Me espantei que uma situação dessa acontecesse com alguém que é filho único, de mãe solo. Ele sempre me disse que se virava sozinho, cozinhava o trivial, que passou longos cinco **meses** morando fora de casa, embora tivesse sido na mesma cidade da casa da mãe.

Quando teve a oportunidade de "arrumar a cama", cumpriu a tarefa de forma tão questionável que parecia ter sido uma das poucas tentativas em vida.

Minhas críticas se restringem apenas às crenças que o levaram a ser criado dessa maneira, não à mãe, que sozinha e sem opção deu a ele as "responsabilidades masculinas" possíveis para equilibrar o mimo de reinar soberano em terra de mulher — avó, tias e primas.

Nem todas as mães tiveram noção da diferença entre agradar e criar um vínculo de dependência com seus filhos. Agora talvez seja tarde, eles são homens feitos e cabem a eles o desejo e o percurso

EN[QUADRO]

para se reeducarem. A questão é: o que eles enfrentarão para fazê-los querer sair da zona de conforto?

"Eu não sou seu irmão", foi a resposta que ele me deu quando comentei que aos seis anos meu irmão já aprendia a dar conta da lavagem de suas roupas íntimas — só pra deixar claro que o afeto era diferente, mas também que ele fora criado de outro modo. Juro que pensei em dizer que não era a mãe dele, mas percebi que essa não era a melhor forma de fazê-lo entender que ele não precisava depender de mim.

Naquele dia, almoçamos silenciosamente, porque, com inteligência súbita, ao colocar a comida na mesa para que ambos nos servíssemos, informei que, dentro da minha inaptidão como cozinheira, tinha tentado fazer um de seus pratos preferidos (e isso era agradá-lo), mas ele iria se servir o quanto quisesse (e assim não daria chance à dependência de uma mulher que ele não iria ter em mim).

Para começar, na primeira circunstância em que se deparar com o machismo estrutural, busque um consenso do que cada um entende como "agradar" e "depender". Não importa o amor ou nível de paixão, mulheres, meninas, não tentem ser alguém que vá se cansar quando a rotina perder a graça.

Tradições familiares afora

Costumava comemorar com orgulho o Dia da Família com a minha até meados da faculdade. Olha só: casal inter-racial, casal de filhos e um cachorro Akita americano. Mais capa de revista impossível, não é?! Família classe média de cidade pacata, bem-educados e evangélicos.

Aprendi algumas coisas sobre humanidades e fui começando a achar que a minha forma de agradecer não coincidia com a interpretação e era um tanto quanto ofensiva para pessoas que me rodeavam e que viam aquilo nas redes sociais. Pelo menos para pessoas que me faziam refletir e com quem passei a me importar.

Quantas famílias ao redor pareciam tão estruturadas e idealizadas quanto a minha? Até onde exaltar o que foi postado como tradicional é saudável, visto que nem sempre é uma escolha? Quantas famílias realmente puderam ser planejadas e, se desfalcadas, não eram também abençoadas?

Isso não era um erro ou problema meu, mas era um problema social ostentar e comemorar exatamente um padrão tão hipócrita. Na foto vai um dos milhares de formatos possíveis, os sorrisos não expõem conflitos, dificuldades, divergências; nem toda família constitui uma casa, menos ainda um lar.

Da última "comemoração" para cá, sou grata por minha família permanecer sendo base, mas muita coisa mudou, meu cachorro morreu e eu mudei. Ocupei o espaço da religião com amplo conhecimento sobre tanto que ainda tinha a aprender e conhecer sobre minhas origens, ancestralidade, respeito, tolerância e diversidade. Sobre mim mesma em meu constante deslocamento.

Assistindo à primeira temporada da versão brasileira de *Casamento às Cegas*, na Netflix, tinha ficado um tanto incomodada por Hudson, vindo de uma família estruturalmente tradicional como a minha, ter se declarado aflito com a relação de distanciamento da sua futura parceira com o pai dela, que optou por ser ausente. O maior incômodo foi pensar que, em tempos de bolha, poderia ser eu pensando como ele, porque, em algumas nuances, fui ensinada a ver muita coisa como desigual e não diferente. E o desigual era um problema do qual eu devia escolher me afastar sem dar conta de fortalezas que constroem realidades distintas.

Daqueles tempos para cá vejo que não há problema algum no politicamente correto, mas há um abismo em tudo que se evita discutir e levar a sério. Há erro em se anular, em deixar passar, em se submeter e fingir não ver.

EN[QUADRO]

Existe problema no conservadorismo cego e no liberalismo seletivo. Vi de outra forma a problemática do adestramento em religiosidade e do patriotismo lutar por estar acima de tudo e todos. É triste ver que a bandeira virou um manto para sustentar a cela que carrega burrice e alienação para todo lado. Desde então tenho entendido como xiitas e sunitas se compreendem opostos e, assim, o peso das perguntas e exigências tem sido totalmente diferente para me relacionar afetivamente.

No programa de reencontro do *Casamento às Cegas*, Carol respondeu que não "suporta" o termo "tradicional" e afirmou: "Eu defendo muito que a família 'não' tradicional deva ser empecilho para algo. [...] O que a família representa para mim, independentemente de sua estrutura, é amor e apoio".

É sobre isso! Existem famílias de duas mães, existem famílias de dois pais, existem famílias de só mãe, só pai, de tios, avós. Famílias enlutadas. E as famílias que a gente constrói diariamente, com pais, mães, irmãos e amigos que vibram com nosso sucesso, nos apoiam e podemos confiar; com aqueles que estarão junto para rir, para chorar, para dançar o que tocar sim e, em primeiro lugar, deixar o julgamento lá fora.

Respeito e estabilidade na vida das crianças

"O que você tá fazendo aqui?", perguntei para uma gatinha de cinco anos que esperava vibrante na portaria do condomínio. "Esperando a 'mãe dois' da Talia me buscar", ela respondeu. Embora já pudesse imaginar, tirei teima: "mãe dois?". Com toda naturalidade do mundo a Bia respondeu: "é, a Talia tem duas mães".

Achei aquilo legal pra caramba, sabe?! Quis mais uns dedinhos de prosa com aquela minúscula fonte de sabedoria e fofura. Bia falava e provava, com pureza infantil e laço azul, que de nada adianta tantas discussões sobre kits escolares, cor da vestimenta, informação apta para faixa etária infantil, datas comemorativas para pai-mãe serem trocadas pelo dia da família — que abarca não somente as crianças adotadas por casais homossexuais, mas também aquelas que, por algum motivo, não tem pai e/ou mãe, ou foi criada por outro grau de vínculo familiar.

As crianças são dotadas de compreensão tão simples quanto a Bia transmitia ao contar suas experiências mirins. E eu, com os braços carregados de artigos de autores e pensadores da Comunicação e do Jornalismo, tomei a melhor das aulas que poderia ter sobre o assunto. A Bia definitivamente não enxergava a Talia como um ET. A sua professora comunicava normalmente que na família da Talia existem duas mães, em vez de pai e mãe. Seus pais sempre deixavam a sua pequena, com caráter em formação, em contato com a "diferença" proposta pela família da Talia.

Visivelmente, para a Bia não faltava informação. Ela era fonte. Ali sobrava respeito e compreensão, vindos do berço propostos pelos pais, pela formação edificada na escola. Era nítido que não existia tabu, preconceito ou desigualdade ali.

Naquele fim de tarde ouvi gritos no pátio. Reparei pela janela e a Bia tinha voltado para casa na companhia da Talia, que provavelmente iria passar a noite na casa da amiguinha. Bolsas coloridas, chinelos com pompons e mãos dadas, uma infância como deve ser.

Deu saudade dos meus tempos, de todos os "tios e tias", pais de amiguinhos que sempre me receberam muito bem para tarde de "babado, confusão e gritaria", fora as noites do pijama em que a diversão se estendia pela madrugada. Todos os pais, com as convicções mais diversas, são saudáveis quando aproximam, ensinam condutas e respeitam escolhas.

Avistava as meninas se distanciando na direção do sol que se punha no horizonte. Na minha playlist, "Mais Uma Vez", de Renato

EN[QUADRO]

Russo, cantava a certeza de que "o sol vai voltar amanhã". Os encontros e as paisagens daquele dia me propunham esperança, o que certamente eu iria precisar para enfrentar uma noite de leituras teóricas que diziam que crianças se desenvolvem melhor em ambientes onde não fiquem submetidas a mudanças emocionais constantes e perturbadoras.

Lembrei que, dias atrás, também enquanto redigia um resumo no meu condomínio, ouvi uma mãe recém-separada gritar para o filho de três anos: "seu pai é um burro, sabia? Me deixou por aquela ordinária e merece todo corno que receber". Não tenho filhos, mas posso imaginar o estrago que é lidar desde cedo com intrigas de uma mãe magoada e a rotatividade de parceiras românticas do pai.

Depois da melhor aula, os sociólogos afirmarem que "casamento é excelente para os filhos" fazia total sentido. Não porque consideram a entidade "sagrada", mas porque há uma pretensão de estabilidade, uma vez que tradicionalmente é a partir dele que se busca constituir uma família.

Talvez, para o menininho que é alienado por suas bases, fosse melhor, psicologicamente, viver com um casal que a "sociedade" ainda "desconfia", mas que se respeita, do que conviver com pais biológicos que desfizeram o compromisso público e religioso assumido de forma que restam tantas arestas.

Junto ao sol, que venham de forma natural e rotineira a constância e a familiaridade de que as crianças precisam. Casais não casados, pais solteiros, avós e casais homossexuais, sim, podem criar ambientes calmos e estáveis para que as gerações evoluam com menos problemas.

E se quiser algo em que confiar, confia na construção de um país democrático e laico, em que não são as leis do cristianismo que definem as jurisdições. Eu acredito que a humanidade pode viver o respeito e a aceitação das diferenças na prática, há exemplos e "quem acredita sempre alcança".

A confusão das vizinhas

Sabe essas histórias que você pensa que só acontecem em um roteiro de novela mexicana. Pois é, amigos, acontecem quando você mora só também. O meu enredo começou quando recebi minha primeira notificação por conduta indevida, mas especificamente por barulho.

De prontidão, achei estranho e desconfiei que poderia ter sido algum engano porque justamente naquele mês, naqueles últimos dias, eu tinha atualizado o significado de chegar em casa de passagem para literalmente só dormir. Um período que eu posso definir como intensivão no trabalho. Pensei: amanhã eu devolvo a correspondência ao porteiro. Ignoro, porque só pode ser erro. Barulho? Só se forem meus neurônios em desespero.

Até fiquei imaginando que se fosse verdade eu ia ficar possessa de raiva pela denúncia. Logo eu que estou sempre só, quase nunca recebo ninguém. Eu que moro no mesmo condomínio há anos, me sinto viva quando ouço algum sinal de gente quebrando o silêncio. Eu que sei que criar animais fere as regras, mas que não denuncio nem barulho de grito das crianças inspiradas. Eu que sou alérgica e não denunciei nem o senhor de idade que insistia em fumar ouvindo brega bem na minha janela. Não é possível!

Pois bem, no dia seguinte me arrumei para seguir a vida, peguei a correspondência para devolver ao porteiro e, justamente na minha passagem pela guarita, não sei por que coincidência na vida, encontro a moradora que havia me denunciado em desespero.

Primeiramente, eu nunca saberia que existiu de fato uma denúncia se ao ouvir minha devolução da correspondência ao porteiro ela não tivesse assumido e se apresentado. Sim, caro leitor, fui denunciada por um ser que nunca vi na vida para provar que o inimigo mora ao lado. Melhor, embaixo.

EN[QUADRO]

Senta que lá vem história:

"Moça, me perdoa, fui eu que denunciei você, mas entenda minha situação...". Essa mulher foi me mostrando marcas roxas pelo corpo de forma que me fez cogitar chamar a emergência e denunciar um marido que nem sequer existe. Demorei a entender que, por nervoso, ela mesma tinha se machucado daquele jeito.

"Mas, senhora, qual o motivo disso? Sou eu quem causa esse nervoso em você?", perguntei sem nem me interessar em saber o nome porque eu ainda estava irritada com aquela pataquada toda de ser notificada.

Ela me contou que não, malmente ouve barulho vindo do meu apartamento. Só que a vizinha de baixo estava fazendo da sua vida um inferno, com denúncias constantes. Segundo ela, a tal mulher implicava com o arrastar de móveis na sua faxina, liquidificador e simples passos que ela desse independentemente da hora. Daí eu já estava achando ainda mais louca essa história e só esperando no que ela ia me envolver.

Pois bem, por medo de ter seus movimentos mais uma vez reclamados, essa mulher, que estava literalmente roxa de nervoso pela suposta perseguição, me contou que resolveu me denunciar porque ouviu o que pode ter sido barulho de salto e descarga em um momento que cheguei em casa, como precaução contra as queixas que a vizinha do térreo poderia fazer injustamente contra ela.

"Ah, pronto, malmente uso salto, adotei o mule na rotina", pensei.

Depois de me pedir perdão novamente e eu apenas relevar, essa senhora me pede para eu assinar um abaixo-assinado atestando que ela não fazia barulho. Depois de ter sido obviamente injusti-çada por precaução, lá estava eu sendo testemunha da quietude daquela mulher que eu não fazia ideia da conduta porque eu não ficava em casa.

Então, caros leitores, saiba que se você mora só, passa pouco tempo em casa, nunca sequer esteve numa reunião de condôminos e só sabe o nome dos porteiros, sua reputação pode ser manchada por uma confusão que você só esteve envolvida por precaução. Pode seguir sem medo.

Pisquei para o porteiro, que dia desses me contou que depois de tanta pilha a mulher se mudou. Paz!

DE CASA

A escolha de me bancar

Hoje eu acordei achando que seria maravilhoso ter um sugar daddy. Sei lá, aquele coroa disposto a me bancar. Pronto pra me levar e me buscar. Ter a rotina resumida em salão, academia e esteticista só pra me cuidar.

Acordei me sentindo prontinha para ser bancada, sem ter que me preocupar com uma conta sequer. Viver a passeio, curtir a paisagem e ser parte delas. Que trabalho maravilhoso seria acompanhar, não é?

Já estou arrumada para mais um expediente e me convencendo de que "não é". Não tem velho rico neste mundo que pague a liberdade da gente. Imagina ter que revezar supino com conversa de salão? Queria dormir o dia inteiro, mas levanto por mim.

Estou no transporte e me dou conta que eu gosto mesmo é de me virar. Não diria ok em troca de nada nessa vida. Não sou de me submeter e aceitar por conveniência. O céu desaba e é com a chuva na cara que eu entendo a realidade.

Estou entrando no prédio do trabalho e ouvi lá de fora uma cantada. Percebo que só fico com quem me agrada. Imagine se dinheiro me faria sentir amada. É porque a minha lista de qualidades não se paga.

Acabei de receber uma demanda para assumir. Imagina se eu ia conviver comigo me sentindo lesada.

Mas quer saber? Eu bem que admiro quem consegue ser feliz assim. Termino o dia tendo certeza que seria bem mais fácil desistir de mim.

A perseguida

Tem história que acontece comigo que se contassem pra mim nem eu ia acreditar. É uma aventura contar pra você sabendo que você pode julgar como uma mentira de alguém "se achando a gostosa". Fica pior se eu justificar, então vamos lá, nem sei por qual começar.

Ah, o cara da xérox. Fui xerocar documento para uma dessas burocracias de comprovação de residência. O que eu não imaginava é que naquele estabelecimento grande na cidade teria alguém com tamanha petulância, ou seria indecência?! Sim, pegou o número do celular pelo qual enviei o arquivo e ligou. Insistiu numa saída, até me enjoou. "O que tem a perder", "só fiz isso com você", "não custa tentar". Me fez sair de casa para receber um não pessoalmente. Ficou irritado e me bloqueou. A culpa era mesmo minha que a loucura dele não vingou.

Ah, o cara do Tinder. Esse eu posso dizer que meu dedo podre errou. Errou mesmo, foi pro lado errado e o match foi instantâneo, parece até que ele estava de plantão. A minha inexperiência era tanta que tinha meu número registrado no app cupido. Em milésimos de segundo foi "oi" no WhatsApp e em todas as outras redes já me seguindo. "Vai ter reggae na universidade", "vai ter festival na Casa num sei o que lá", "se tu quiser ir, eu vou te buscar". Amadoh! Pelo menos facilitava as rotas que não devia traçar. Até dia desses, veio me dizer que acreditava na chance que eu ia dar.

Ah, o cara da moto! Um "bom dia" na padaria bastou para esse ser me encontrar um dia a pé voltando para casa, atravessar com a moto para a borda da calçada em que eu estava e andar lentamente falando coisa que o capacete atrapalhava minha audição. Achou que por algum acaso eu aceitaria uma carona de alguém que eu achava que estava me assaltando. Eu encostei no muro e ainda assim ele me acompanhou até a portaria de casa. Lembrei da fisionomia dos olhos enquanto ele falava que não me tirava da cabeça desde aquele dia. O porteiro disse que ele fez perguntas ao meu respeito como quem cobrava. E o medo que eu fiquei de novamente dar de cara com esse cara que nem sei de fato a cara?!

Ah, o cara do oriente! Alibaba, não entendi nada. Mas sabia que era assunto indecente. Arriscou lá, encontrou meu número, mas me faltou coragem de arriscar de cá. Vai que em vez de ficar rica nas palavras árabes eu sofresse um golpe de sheike.

Ah, quem manda pinto de cara! O que faz um ser humano achar que dar de cara com sua benga me conquistaria? Nem um oi nem um bom dia. Devia enviar feito máquina. Block no susto.

Ah, quem encontrou meu número no site pornô. Isso foi o que ele falou. Perguntei "qual foi?", disse que tinha acessado vários para lembrar com certeza. Citou três que receberam e-mail quase desaforado e um retorno de engano; nenhum dado encontrado. Foi só ele, foi um erro, muito bem, obrigada.

Ah, quem chamou eu e minhas amigas para ser modelo. Não sabia como encontrou meu número nem quem indicou. Só era empresário que queria escolher pessoalmente pessoas comuns, sem intermédio. Mas tinha que viajar, marcar de encontrar e não falava qual era a marca. Se a proposta parecia errada?!

Se parecem casos de pescador, não dei linha nem corda, parou na rede, ninguém pescou. Essas são as que marcam e dá pra rir, mas me choca como são improváveis e aleatórias. Cheguei a perguntar ao redor sobre algo parecido, mas parece que era pra mim, o problema era meu cupido [ou não ter marido].

EN[QUADRO]

A carência do trajeto

Se tem uma coisa que aprendi em trajetos com desconhecidos foi a permanecer muda e em hipótese alguma deixar alguém ver meu riso ou ouvir o som da minha risada.

Mal conseguia ver como assédio, só poderia ser *mea culpa* por ser cordial e educada. Qualquer conversa atenciosa é dar asa?

"Você não é daqui, é diferente", "você sorri", "gosto desse tipo de gente", — instantâneo, assim? Ou tenho mel, ou sou fada. Só pode ser bruxaria. Eu nem via o risco que corria ao pensar no nível de carência de quem conduzia.

"Vou te dar aulas de direção. Pode ser domingo, então?", "vamos no rio sábado à tarde, minha família vai estar lá, gente pra comer pescada!". Mas, gente, como recusaria sem dar risada? É sério. Alguém aceita essas forçadas?

Por isso que tô só? Tenho sorte, mas sou desconfiada?!

Teve até um senhor de voz fina, que julguei, admito. Já tiozinho e eu pensando que estava dentro do armário. Ele saiu do armário ao contrário.

Foram loucuras assim que me fizeram arriscar em coisas que pareciam mais sóbrias. Socorro! Será que a gente se acostuma com a loucura?

Nem toda carona quer te levar pra casa

Ter um transporte próprio é uma das melhores coisas que você vai conquistar para facilitar a sua vida, ao menos é o que você vai cogitar toda vez que se atrasar ou tiver que esperar e depender de alguém para chegar ao trabalho.

Nessas horas você sequer vai lembrar de quem reclama da dificuldade de encontrar vagas para estacionar ou das mudanças e dinâmicas caóticas no trânsito, de quanto custa uma multa por furar o sinal com a pressa de ter enrolado mais pra sair de casa, já que não dependia de ninguém para se adiantar. Afinal, tudo que você quer é um carro, não importa se não tem condições para arcar as despesas de tê-lo agora.

Mas se você ainda não tem o bendito carro, deve saber que entre pegar um busão, esperar o transporte particular que você contratou, mas sempre atrasa e aceitar a proposta irrecusável que é uma "carona" ao final de um expediente exaustivo, sua vontade de chegar em casa não lhe permitirá ponderar muitos poréns, assim como quando você está ansiando ter seu próprio carro ao sair de casa.

O ato de encontrar alguém indo na mesma direção que possa levar você junto sem cobrar nada por isso, em qualquer circunstância que seja, já torna a carona uma baita "mão na roda" e o condutor um ser de bom coração. Mas e quando o condutor se aproveita da sua "fraqueza" e quer tirar proveito da boa ação passando a mão na sua marcha, isso certamente tornará a experiência memorável para fortalecer as próximas vezes em que pensar em aceitar a maldita carona sem ter que puxar nenhuma trava de mão e sair correndo.

A propósito, tem carona que pode até querer te deixar em casa sem contratempos no caminho, o problema é quando ela chega na porta e acha que pode ficar também. "Ah, você mora só? Me convida para conhecer". Como faz para avisar que minha casa não é motel e que morar só vai me fazer querer me envolver?!

Como faz se eu ainda me preocupo com uma forma de não parecer indelicada, mas ser direta e clara no fato de dizer que "não sou obrigada"?! E principalmente: o que desperta o bom senso no condutor antes de ele se precipitar em me fazer acreditar que ele vê o meu corpo como moeda de troca para o que era favor até "ainda agora".

EN[QUADRO]

Eu bem sei que não é problema meu, mas fecho a porta sem olhar para trás e subo as escadas sem me atentar aos degraus à frente. Estou gelada e pensando que o erro foi eu ter aceitado a carona. Abro a porta, entro e bato. Amanhã é dia de desejar novamente ter meu próprio carro.

No meu carro, a única situação com carona que me deixará perplexa será me perguntar após alguém bater a porta de maneira um tanto quanto exagerada: será que não tem geladeira em casa?

O maldito copo d'água

Eu ainda não sei definir se é uma forma de se aproximar de mim ou conhecer o AP, mas já começo a desconfiar quando pede um copo d'água.

Por aqui existe uma curiosidade sobre como as kitnets são por dentro. Sim, alguns habitantes são bem inconvenientes em seus costumes.

É que quando você chega na porta do condomínio e alguém te pede água, obviamente quer entrar. Eu já cheguei ao cume de dizer que ia levar a água lá e mesmo assim a pessoa me acompanhou. Um quis me beijar, outro apenas entrou porta a dentro e se sentiu no direito de até das calcinhas no varal comentar.

Eu não faço reunião em casa e não é surpresa que não convido para meu lar quem não me transborda. Seja professor, colega ou chefe, seja qual for a intenção da passagem, o limite é poder negar um copo d´água.

Não me faça confundir a sede com o que enche minha boca de desgosto. O que dá água na boca pode me deixar bem louca. A falta de noção inunda o tratamento e qualquer invasão afunda a cordialidade da relação.

A água de quem mora só não é correnteza e, mesmo que seja canalizada, está em um poço profundo de privacidade que deixa de ser cristalino quando não se tem educação. Vira água de maré cheia ou tempestade a derramar do copo.

Aliança fake

Como fazer entender que eu não estou disponível, não sou acessível? Por Deus do céu.

Trabalhando com assessoria de comunicação, transito em vários lugares com os mais diversos tipos de pessoas, mas nenhuma é mais inconveniente que "macho" [vulgo homem que, se pensa, o faz com a cabeça de baixo. Fico contrariada quando uso "animal" para classificar o tal do instinto machista].

Sim, nenhum outro tipo de pessoa, nem a senhorinha que nos aluga para contar histórias aleatórias, nem a liderança que intercepta nosso contato pessoal como meio de puxar saco, nem aquele senhor que vai pedir fotografia com a família e quer receber imediatamente por e-mail sem se dar conta de que não foi para isso que fui contratada. Nenhum desses cúmulos consegue ser mais desconcertante que o tal do "macho".

Existe ainda um vestuário de "bom-tom" para cada ocasião e eu nunca tive problema em respeitá-lo, embora nem sempre ele me vestia e tantas vezes me sentia fantasiada. Eu sabia que o respeito a mim não deveria depender do que eu visto, nem de como penteio meu cabelo, nem da cor do meu batom, mas minha aparência foi se tornando cada vez mais séria, mais velha e sem cor.

Quantas vezes de salto, descendo escada com uma papelada, me sentia uma palhaça. Olhava pro nada e questionava: eu sou uma piada? Tinha dado uma ideia ótima, mas ela seria executada pelo

EN[QUADRO]

carinha de terno e sapatênis que ostentava uma barba e passava por mim sorrindo com um "posso te levar em casa"? Para roubar mais ideias ou invadir minha casa?, pensava, querendo estar descalça enquanto definia que só andaria de mule a partir de então.

Não é sobre descer do salto, é que ele definitivamente não torna o passo mais alto e eu estava cansada.

"Mas tem cara de menina", "sorri com os olhos" e "tem um sorriso lindo", eles diziam. Eu sabia que o respeito a mim não deveria depender da minha essência, mas minha presença foi se tornando cada vez mais fechada, distante e "rebocadamente" maquiada para me disfarçar, sei lá.

"Meu anjo", "mocinha", "boneca", eles diziam. Eu sabia que o respeito a mim não deveria depender da minha imposição, mas fui ignorando incômodos, disfarçando insatisfação, corrigindo meu nome para me posicionar.

Nada do que façamos, nunca é suficiente. E não precisa ser um arraso, a mulher mais atraente. Basta ser mulher em um ambiente.

E o inoportuno consegue sempre se tornar mais invasivo. Pede teu contato na frente do chefe e você sabe que não é para trabalho e, no fundo, o chefe também. Mas tem uma cumplicidade milenar entre eles, não é? Você decide se bloqueia enquanto espera o chefe ligar gritando alguma bronca por algo que nem foi erro seu.

Buscam pretextos para falar, tocar, elogiar, oferecer carona, até convidar para uma saída que quando negada vai diretamente à abordagem: "posso te conhecer melhor?" O que seria "melhor" daquele pressuposto de você? Sim, porque ali eu já estava totalmente deslocada.

Deslocada do meu jeito de vestir, do meu jeito de ser, do meu jeito de me portar. Deslocada do respeito que é meu por direito, do conforto e da concentração onde eu só queria me destacar profissionalmente.

E antes de deixar o emprego, a passagem na xerox me deu uma "maravilhosa" ideia. Sim, após ter o número copiado do currículo e receber uma mensagem falando que "o risco de ser denunciado valia a pena", cheguei ao cume de ceder ao melhor disfarce: uma aliança dourada no dedo.

Há quem diga que não resolve, há quem vá rir da minha miséria. Mas para mim a gravidade foi séria.

Ninguém colocou aquele anel ali, coloquei eu mesma. Ao menos me recusei a colocar na mão esquerda. Não, não era noiva nem casada. Na verdade, estava extremamente triste e recentemente decepcionada. Escolhi uma bijuteria barata e comprei pelo que aquilo representava. Colocar uma aliança fake doía, pesava a farsa e martelava: "ter que estar com alguém para ser respeitada".

Eu queria respeitar meu tempo, meu talento e especialmente me livrar do tormento. Para isso, fingir ter outro homem ajudava.

Existe alguma noção no tanto disso que as mulheres passam? Existe alguma noção em ter que inventar uma relação porque o teu "não" não basta? Existe sensação pior que perceber que o respeito que se deve a você é destinado a um "parça" que nem sequer existe, mas "é sortudo por te ter"?! Você perde a "posse" de você.

E essa invasão é simples e corriqueira. Acontece também fora do trabalho e por besteira. Não precisa ser estupro não, precisa nem passar a mão. Basta perguntar ao amigo do teu lado se pode dançar com você. Basta que o garçom devolva o cartão de crédito que paga sua conta e sua autonomia porque o cara falou, sorriu, piscou e na verdade nem disfarçou que ele acredita que pode "comprar" o próximo passo.

A gente se perde e volta para casa exausta. Sozinha, fechada para balanço, precisando se acolher, se pertencer e respirar, pegar fôlego porque amanhã tem outro tanto. Mas ó, dá o dedo do meio e liga o f*da-se. Nosso status civil não precisa ser fake de novo.

EN[QUADRO]

Homenagem desastrosa

Era uma vez o Dia das Mulheres, em que recebi um cartão que me parabenizava pelo "Dia da Mulher" — que me lembra o padrão ideal — acompanhando uma rosa morta — aquela que foi arrancada do pé num ato tão simbólico quanto a fachada de incentivo à diversidade que pairava na startup que assinava como verdade aquele bilhete.

Essa foi a "cereja do bolo", então vamos para o início deste conto em que sempre faltam fadas e bruxas.

Imagine a raridade de encontrar uma agência esteticamente confortável e poder fazer parte de um time em expansão que vende a ideia de desenvolvimento profissional?!

Imagine se deparar com um diretor executivo negro, relativamente jovem, trabalhando em parceria com um diretor de vendas que administra defendendo bandeiras de humanização e experiência multinacional?!

Parecia algo diferente do que havia conhecido até então e foi fácil comprar a ideia do ambiente saudável para expandir minha comunicação empresarial.

O tempo, no entanto, me mostrou que aquele era só mais um ambiente que maquiava bem relações tóxicas de trabalho, sobretudo pelo machismo.

Em um ambiente de minoria feminina, éramos três. Vi uma engravidar e sair questionada sobre a quantidade de faltas necessárias para garantir o bem-estar da criança. Acompanhei o processo de demissão de outra que chegou para assumir a recepção, mas passou a lidar com as questões financeiras e ser cobrada pela organização da copa e serviço de limpeza para a maioria masculina que queria ser servida com cafezinho na sala para depois abandonar os copos sujos na pia, desrespeitando as "regras" coladas na parede que regiam as obrigações coletivas.

Por um bom tempo fui a única mulher a ocupar como "igual" uma sala composta de uma maioria masculina, dos quais, apesar de estabelecer relações cordiais e amigáveis, apenas com dois me sentia segura e confortável em ideias e ideais.

Ali precisei alterar minha voz para ser ouvida e fui chamada de chata, louca, raivosa e egoísta por trás. Não vou entrar na questão de receber menos que homens com homens com formação inferior à minha, mas ali concordei em receber um valor que aumentaria gradativamente, porém, ao contrário, foi assinado diferente na carteira e diminuído sem que me fosse comunicado.

Eu sabia que não havia sido contratada para intermediar queixas de falta de responsabilidade e organização de quem queria manter a pose de patrão.

Eu não desmarcaria compromissos para happy hours para agradar as cabeças que teciam comentários sobre o que as mulheres em casa não poderiam saber.

Eu sei que tinha vantagens que me permitiam assumir posturas defensivas que nem todas as mulheres que passaram por ali poderiam enfrentar.

Conviver com bandeiras e causas sendo pensadas e vendidas de forma estratégica para transmitir uma "boa imagem" e entender como um negro em ascensão pode assumir facetas da branquitude que foge até da noção de classe me deixavam cada dia mais desmotivada e isolada ali, buscando cada vez mais uma saída.

Durante aquela experiência, lembro que chegou outra colega para ocupar a recepção e logo foi submetida a desaforos por carregar um perfil dócil e vulnerável. Ainda assim, ela precisava continuar.

Pouco antes da minha saída, começou a fazer parte do nosso convívio uma mulher que poderia influenciar. Forte e imponente, chegou com vontade de dar outra aura àquele lugar. Mas ela, mais uma, também não seria suficiente. A homenagem ao Dia Das Mulheres, no entanto, já era uma boa iniciativa.

EN[QUADRO]

Fui chamada para ajudar a organizar ações de venda e datas comemorativas e assim fiz com prazer. Gosto de ser útil, planejar e exercer vertentes do meu ofício. Encaminhei o documento com sugestões, mas ter adicionado o endereço de e-mail do chefe no envio foi o motivo para ser chamada em sua sala. Fui questionada sobre a "inviabilidade" de ideias que, mesmo sem crédito, foram executadas.

Havia sugerido um momento de diálogo e aprendizagem sobre feminismo, já que convivia com narizes virados de incompreensão. A ideia era ouvir uma referência, mas a ação se tornou uma roda de bate-papo. Se a intenção era ouvir, terminou com um homem dizendo sobre o que mulheres deveriam falar: "Não deveria falar sobre problemas e queixas, mas sobre mulheres fortes como minha mãe, que criou os filhos sozinha". Logo depois de outro dizer: "Tenho muitas amigas e ouço cada história, acredito que sou um bom ouvinte e incentivo a luta feminina".

Esse foi um dos momentos de uma experiência tão difícil de superar quanto de me desvencilhar, visto que por querer valer meus direitos sofri insultos e ameaças.

Coube a mim voltar com flores mórbidas para casa. Receio que outras mulheres sejam injustiçadas ali para sempre.

Vítima

Certa feita fui a "premiada" da vez e obrigada a emprestar meus ouvidos a um cidadão em cargo superior que precisava derramar a autopromoção de suas experiências, sua coragem de trabalhar sem necessitar de ninguém e o histórico de lutador que o levou ao patamar em que estava.

Lembro-me de ter ouvido que "dinheiro não é tudo" e que "dinheiro não é problema" numa mesma frase, para somar ao grau de falsas expertises e contradições contínuas que vinham dali, inviabilizando qualquer simpatia.

Não sei se disfarcei meu olhar de pena, sou mesmo muito ruim com disfarces. Mas, enquanto ele derramava lamúrias e insatisfações que em nada me alcançavam, minha audiência estava mesmo nos meus pensamentos, que divagavam sobre mais valer quem ele era do que onde tinha chegado. Eu pensava: "nossa, é legal ter o que você tem hoje, mas nunca teria se precisasse ser igual a você".

Veja bem, não é comum alguém admirável ser posto em xeque quanto ao mérito de chegar onde chegou. É normal algumas pessoas despeitadas questionarem a forma de alcançar degraus mais altos e algumas até alegarem sorte quando sua conquista é notória, ainda que só você saiba o tanto que lutou e ao que teve que abdicar para se regozijar de suas vitórias.

Não era o caso ali. Mesmo puxa-sacos e frustrados, não me lembro de alguém ao redor que não tenha questionado ao menos uma vez a capacidade, a conduta ou o método. Longe de mera implicância, não lembro de alguém que não tenha tido uma experiência negativa ou presenciado um posicionamento duvidoso, ainda que quisesse acreditar no coração com "fundo de bondade" que deve ficar na superfície de todo ser humano.

Sei, sim, que alcançou alguns pódios de pior, bloqueios, silenciamentos e adeus sem saudade ou olhadela para trás.

E não é como se fosse um ser humano de todo mal, mas é aquele tipo que você evita ao máximo a presença quando não pode evitar o convívio. Daquele que não consegue despertar a empatia por mais de uma vez na vida — em ocasião de luto pela perda de um ente querido. É daquele complicado mesmo, que consegue errar até nas demonstrações de afeto. Daquele de poucos amigos por opção dos outros. É daqueles de energia pesada pelo tanto de antipatia que carregam consigo.

EN[QUADRO]

Fato é que ninguém será bom líder, gestor, incentivador, inspirador, promotor da própria história se não transparecer ser alguém admirável por trás do sucesso.

"Eu não quero entrar nesse mérito", lembro-me de ter respondido a uma indagação, bem porque eu não via ali a "pessoa de mérito" que era exibida. E, realmente, acho que mérito deve ser notado.

Se você chega a dar presentes caros para quem considera estar ao seu lado e essas pessoas esquecem o seu aniversário e até gostariam de estar comemorando a vida sem você, talvez você esteja entregando o valor errado e não há valor maior e mais singelo que atitudes rotineiras para que sua vida seja alvo de comemoração.

Costumo dizer que é extremamente complicado comemorar a vida de quem faltam itens para parabenizar. Quem já passou pelo constrangimento de não ter o que dizer para ser sincero em um discurso de aniversário sabe o que estou falando.

Essa situação me chocou, mas não me aproximou. Eu imagino que pessoas assim sofrem e temem rejeição em níveis bem próximos. Para manter o grau profissional e único que nos unia ali, falei algo sobre necessidade de planejamento, mas sei que não é nada perto disso, sei que ultrapassa as barreiras estratégicas de comunicação. A questão está na forma de marcar as memórias pela invocação do esquecimento e da distância.

Ao fechar a porta e sair dali, senti a sensação de alívio que sinto ao chegar em casa. Alívio e mais nada.

Pior proposta

Não satisfeito em aproveitar da necessidade e disponibilidade profissional para pagar pouco, muito abaixo do que rege a base nacional, um dos chefes me fez esperar, pós-expediente, sua chegada de uma viagem demorada porque tinha para mim uma proposta: ele realmente me contou animado que queria que eu acompanhasse, nas noites, nos fins de semana e em feriados, o trabalho de um parlamentar.

"Mas eu vou acompanhar tudo certinho, porque não quero que você deixe de trabalhar". Ele falou da intenção de ganhar mais e ser o vínculo presencial da agência no cargo. Foi bom ele me explicar, já estava pensando que era trabalho escravo.

Pois bem, com uma das melhores ideias que eu poderia ter, em vez de responder, redigi uma carta com termos jurídicos para firmar o contrato. Escrevi ali sobre meus limites, direitos e busquei me assegurar das obrigações dos envolvidos. Queria tudo assinado.

Por causa desse documento passei dias recebendo ligações com críticas, questionamentos e acusações a que não estava preparada para responder. Eu estava certa ou errada em tentar me proteger?

Claro, o acordo não foi assinado e meses depois fui chamada na sala ao lado. "Meu amor, o negócio apertou. Nosso time vai precisar ser enxugado". A demissão veio um mês antes de me garantir seguro-desemprego. Seria coincidência ou circo armado?

Melhor não questionar porque sabia bem quem podia sair mais prejudicado. Agência e parlamento seguem como bons aliados. E eu chegava em casa sem noção alguma do que faria semana que vem. Certamente, uma luta diferente começaria para mim também.

A velocidade em mim

Eu sempre gostei de me "livrar de demandas" e antecipo tudo que eu posso para, teoricamente, ter tempo livre para mim. Funciona até bem enquanto trabalho autônoma e posso viajar, ler, assistir e me proporcionar vários nadas.

Gosto de aproveitar os prazeres da vida e gozar da juventude, mas tenho uma relação séria e de fuga com o trabalho. Minha psicóloga anda alerta com a sensação de utilidade que ele me causa, mas confesso que fiquei feliz quando descobri, num teste Solides proporcionado pela empresa, que tenho um perfil profissional Planejador-Executivo. Sim, com isso eu me identifico. Não gosto que as coisas fiquem apenas nos planos e controlo o gênio que diz: "quer feito, faz você mesmo".

Tinha pavor de fazer cursinho para entrar na faculdade. Já no segundo curso, ironicamente, desfilava uma blusinha querida em que o coelhinho da Alice no País das Maravilhas dizia "I'm late, I'm late, I'm late (tradução: "eu estou atrasado" três vezes). Dificilmente estava atrasada, mas certamente tinha pressa para encerrar logo.

Foi assim que terminei a graduação seis meses antes do tempo previsto, sem pendência alguma e nota máxima no produto que apresentei para conclusão de curso. Isso me rendeu seis meses sem poder trabalhar por falta de registro profissional, nem estagiar, por falta de vínculo e matrícula com a universidade. Tive que esperar a turma para formar, de todo modo.

Lição: respeite o tempo das coisas. E parece que eu sigo aprendendo.

Meu irmão diz que eu faço tudo com pressa. Algumas vezes ele implica em chamar de afobação. Tenho estado mais atenta, mas sinto a urgência em mim como algo intrínseco. E tenho um tanto de impaciência com o que entendo por lerdeza, atraso. Quando se trata de depender, enfrentar burocracias e esperas longas e incertas, tenho pavor. Acredito que a sensação de impotência desperta a ansiedade que insiste em me levar pra frente enquanto eu me agarro no presente.

Trabalhando com redação em agência de publicidade entendo minha velocidade como algo bom e ruim. A criação é arte, o raciocínio segue seu próprio start.

Esses dias recebi mais um desses olhares desesperados de um colega que dizia: "você é muito rápida". Eu sei, não era uma crítica e sim um elogio. Mas representava também uma pressão, uma certa comparação que normalmente vem de dentro e faz eco ao redor.

Quando coisas assim acontecem eu fico ainda mais atenta ao que estou representando psicologicamente para quem tá perto. Não quero ser alguém que torne o mundo ainda mais emergente.

Quando coisas assim acontecem eu lembro quando a Ruth Manus diz que precisamos nos permitir errar, para que os outros não tenham certeza absoluta que podem contar com a gente. Nesse caso, permitir atrasar, para não ser sobrecarregada pelo que os outros não conseguem carregar e tudo aquilo que vai chegar como urgência e não poderá ser adiado.

Os irresistíveis

A Marcela Mc Gowan disse no BBB20 que "autoestima de homem tinha que encapsular e vender". Sem dúvida, seria um bom remédio.

Eu acredito que no comércio masculino interno já existem garrafas que mantêm senhores embriagados. E posso provar com dois casos.

Trabalhei numa redação em que, pontualmente às cinco e cinquenta da tarde, meu chefe descia da direção para sentar ao meu lado e avaliar o texto da coluna editorial que levava o nome dele, mas cabia a mim ter buscado conteúdo e editado.

O fato é que o expediente se encerrava às seis da tarde e rapidamente tudo no centro da cidade se fechava. Como não tinha transporte próprio, demorou até que eu conseguisse um transporte particular que me oferecesse o mínimo de segurança e não levasse metade do meu mínimo salário, já que me deslocar a pé para esperar por um transporte público que pararia a duas quadras de casa seria bastante arriscado para qualquer pessoa à noite, imagine uma mulher sozinha.

Em uma terça-feira, no entanto, o céu resolveu desabar e o motoqueiro contratado ligou avisando que não havia condição

EN[QUADRO]

alguma de conseguir me buscar. Os aplicativos de transporte ainda não eram uma realidade na cidade e eu não conseguia contato com nenhuma agência para encontrar um táxi.

Enquanto o tempo passava e minha preocupação aumentava, já próximo das oito da noite, o chefe saía a caminho de casa e, vendo a situação, resolveu me levar. Durante o percurso, que nem era tão distante com um carro, as perguntas não eram profissionais. Minhas respostas foram curtas e bem pensadas, para não haver confusão nem parecer ingratidão.

Claro que eu entendia o cuidado e a preocupação, também precisava dedicá-la a mim todos os dias. O que eu não entendi foi a necessidade de explicar que não podia fazer mais para não arranjar problema em casa.

Quer dizer, oferecer melhores condições de trabalho que me dessem poder monetário não parecia uma solução, ao seu ver, talvez fosse necessário uma "adoção".

Por falar em adotar, enquanto procurava um outro contato profissional para acumular mais trabalho que renda, fui apresentada a um senhor empresário a quem logo dediquei a atenção de um avô. Ele me tratou muito bem e me convidou para uma reunião em que profissionais da minha área iriam avaliar os vencedores de uma premiação regional. Embora eu tenha confirmado que iria, ele fez questão de ir me buscar em casa.

Claro que me senti honrada como convidada, até ser mal-encarada pelas filhas do senhor que tinham a faixa etária da minha mãe e, bem provável, filhos da minha idade. A princípio, não entendi o porquê da rejeição, afinal estava ali como profissional e grata pela oportunidade.

Tempos depois o senhor voltou a entrar em contato. Dessa vez o convite era para um jantar de negócios. Já declinei de cara, sou das que preserva as noites para estar em casa ou encontros pessoais. Falei sobre almoço, mas ele insistiu, falou sobre ter surgido uma vaga, mas da dificuldade de horário para agendar. Me ofereci para ir ao escritório, mas ele disse que preferia outro lugar.

Desconfortável e desconfiada, resolvi aceitar falando que adiaria um encontro fictício que teria em seguida. Negócios são negócios e precisava melhorar minha renda. Aquela foi uma sexta-feira em que coloquei blazer e jeans para remeter ao trabalho.

O senhor fez questão de me levar a um lugar que não conhecia e, claro, de pagar. Me contou um pouco da sua história, viuvez e curtição. Falou sobre a forma cuidadosa que o tratavam, desconfiando da sua autonomia.

Desconversava toda vez que perguntava sobre a vaga e, embora estivesse incrédula sobre a real intenção de eu estar ali, inventei estar envolvida em uma relação para justificar minha saída.

Aquele senhor, que tinha idade para ser meu avô, realmente acreditou que tinha condição de "comprar" uma situação melhor para minha vida. Falou ao garçom que nos servia: "oi, [nome], tudo bem? Essa é Laís, ainda não sabe que vai ser minha namorada".

Não sabia se estava mais desconcertada ou frustrada. As filhas dele evitavam um golpe que ele mesmo se dava.

Ah, os irresistíveis. Têm certeza que são as melhores oportunidades na vida de uma mulher que, por sua vez, não precisa de emprego, precisa e deve querer alguém que banque sua casa.

Moço da torneira

Foi convidado, depois de almoçar lavou prato, percebeu a torneira, vedou, me levou para comprar outra, trocou.

Deixei as águas fluírem e correr. Não fechei a tempo de perceber que a apreensão era que eu me sentasse dentro de uma cesta e me colocasse em frente à sua casa para adoção.

ENIQUADROI

Maldita sociedade que dita que, ao estender o braço a uma mulher, vai ter que pedir a mão. A mesma sociedade que diz que mulher que mora só recebendo visita vai virar sobremesa. Maldita, maldita a sociedade machista seja.

Ana Carolina cantou: "É mágoa. O que eu choro é água com sal. Se der um vento é maremoto. Se eu for embora não sou mais eu. Água de torneira não volta. E eu vou embora. Adeus!".

A vez em que um homem virou menino

A primeira vez que vi um homem virar menino foi difícil de presenciar. A mãe dele nos convidou para um evento tradicional de família no domingo que, na cabeça do moço, teria opções variadas no menu. Chegando lá só tinha feijoada.

Ele costumava comer feijoada? Sim! Mas aquele dia ele decidiu não querer. A mãe perguntou: "quer que eu faça seu prato?" A resposta foi: "não vou comer, não". Ela ainda o adulava enquanto levantei e fui para fila fazer meu prato. Voltei e comi com o menino de birra ao lado e a mãe que ainda insistia sugerindo alternativas: "come só um pouquinho", "quer que peça para partir logo o bolo?".

Estava a ponto de uma indigestão quando ela vira para mim e fala: "difícil, né? Ele é um menino bom, mas tem que ter paciência". Apenas a encarei porque não estava com psicológico para começar uma discussão. Primeira coisa: ele não era um menino. Se ela não via a confusão que estava causando na sociedade há mais de trinta anos, o problema realmente estava em todas as crenças dela e não adiantava qualquer lição.

Ele realmente era um homem muito bom para a forma de menino com que é tratado. E, por sorte, depois dali fomos só eu e o moço para outro evento. Aí eu pude massacrar. Não almoçou, que pena. Comida cara, fila enorme e eu sem fome e sem vontade de ir lá de companhia. A fome apertou, o moço entontou e, como dizem, amor e mimo só de mãe, por mim iria desmaiar. Mas ele, sozinho, chamou o amiguinho e foi lanchar.

Não cabe a mim reeducar homens feitos, mas sei também que ele, já marmanjo, é fruto de uma criação em que homens são compreendidos como deuses e varões. Quem casar que tenha paciência. Talvez assim a mãe os mantenha sempre ali. Porque, se por um acaso for, provavelmente volta.

Por mais que ainda perdure a intenção "bela, recatada e do lar" em parte da sociedade, esta não tem força para formar as Amélias que vão cumprir e querer atender aos requisitos da lista de idealização.

Lembro-me daquela mãe declarando que queria ter tido também uma menina, logo após reclamar da devassidão dos vestidos em um aniversário de quinze anos. "Depois reclamam". Reclamam do quê, minha senhora? Certamente de atos dos homens tratados como se fossem meninos — o que vê quer e acha que pode pegar ou, quem sabe, a mãe vai buscar se espernear.

Talvez, uma menina naquele colo fosse alguém para a ajudar. Talvez ela ouvisse: "Deixa tudo aí e vem aqui me ajudar a preparar o jantar"; "Hei, tira os pratos da mesa e não deixa a pia suja quando lavar"; "Moça velha dessa e não sabe limpar".

Imagino ela indo reclamar da criação da nora para a mãe da mulher que tirou o filho para casar: "Tadinho, anda infeliz por não encontrar faxina em dia, roupa limpa e mesa posta quando chega em casa".

Coisas cabulosas e cobranças absurdas que os eternos meninos dela nunca ousaram escutar.

LAR

Um certo alguém

Uma vez um certo alguém me chamou pra sair de casa e da caixinha também.

No primeiro contato, antes mesmo de eu perguntar, ele esclareceu que a criança que dividia a foto do perfil com ele era sobrinho e não filho. Sem saber muito o que responder, falei: "não sendo meu, não tem problema". Rio disso até hoje, não menti, mas também não precisava ser altamente sincera a ponto de o assustar.

Seguimos conversando mesmo assim e, ao me chamar pra sair, ele perguntou: "te encontro lá ou te busco em casa?". Estranhei, tinha sido a primeira vez que chegou como opção e não como pedido de localização.

Criada em interior e acostumada à região central da segunda maior cidade da Bahia, encontro que se preze sai de casa, né?! Passei o endereço, mas aquilo ficou na cabeça.

O moço chegou com puro charme. Charme mesmo era a trilha sonora dos anos oitenta que me fez desacreditar da real idade e status que ele me falou. Não sei se o encanto foi meu ou ele era encantado.

Numa troca sincera e espontânea ele esclareceu: ao me buscar em casa o risco era todo meu. Endereço é privado e, como eu não o conhecia, ao encontrá-lo em um lugar público podia apenas declinar. Ele brincou: "corria o risco de perder algum órgão, mas talvez você correu mais que eu".

Cara, eu sempre confiei muito na segurança que a portaria do prédio me proporcionava, mas ela só funcionava enquanto eu estivesse lá. Esse alguém cuidou melhor de mim do eu jamais teria cuidado.

Mal sabia eu que, ao sair com ele, ele nunca mais sairia de mim. Vai que se encontrasse no lugar marcado, os desencontros seriam mais fáceis e raros.

A gente se reconheceu em desconcertos. Comigo ele acarinhou um cachorro recém-saído do esgoto, com ele eu visitei um hotel na cidade em que morava. Quebramos o tabu do primeiro encontro e no segundo ele me chamou para viajar. Juntamos dois conhecidos para uma saída de casais que não existiam e, em poucas semanas, explicação alguma faria sentido para a saudade que iria ficar.

Como os sentimentos eufóricos que nos roubam no primeiro encontro, alguns encontros viram súplica para que encontremos nossa chance nesta vida.

Coração cria raízes, enfim.

Presença confirmada

Convide-me a lugares que eu possa ir vestida de mim.

Leve-me ao encontro de quem me olhará nos olhos. Dos pés à cabeça e despida eu mesma me acolho.

Para que eu vá, basta não querer ficar.

Deixar-me ser, me conforta.

Tenho sempre a opção por seguir dois caminhos: o meu e o que escolhem pra mim.

Por qual for, vou inteira.

Quando me reencontrei em você, desaprendi a respirar por alguns segundos.

Ganhei novos ares.

Querido Jhon,

esta não é nenhuma carta de amor, mas tem amor também. Amor e gratidão por ser prova real de amizade, parceria e cumplicidade entre gêneros.

Pelo tanto que posso confiar em entregar a chave de casa com a certeza que tu vais arrumar aquela porcaria de descarga.

Obrigada por poder te ligar e entre risos escutar o que eu posso fazer para finalizar a barata.

Te agradecer por quando me viu exausta, abandonada e injustiçada, chamou um amigo e foi lá em casa levando pizza e refrigerante de garrafa.

Por me levar pra trilha com gente diferente. Por mostrar que existe sempre mais e eu posso sorrir e respirar.

Por me dar bronca e me ouvir chata. Por todos e tantos momentos. Por girar comigo, metade beats, um pouco antes de o celular parar debaixo d'água.

Por teimar, por insistir, por ser intenso e ter um talento imenso: o melhor arquiteto que já existiu muito antes de ser.

Por ser tão idiota quanto eu e me tirar pra dançar.

Por o tempo passar, a gente se reencontrar e eu ficar feliz em ouvir: tu não mudou (mesmo tendo mudado demais).

Por ainda poder te olhar jogado na cadeira em final de baile e insistir: por favor "cavaleiro", dança comigo, é Sandy e Júnior!

A sorte te tira para dançar

Das coisas que me permiti morando só e mergulhando em mim, a dança me alcançou a fundo. Deu-me um pouco de técnica e consciência para o que não passava de energia para extravasar na infância e afronta pela sede de experimentar o mundo na adolescência.

O encontro com a dança deu-me asas — e não só aquela que faz levitar, mas a que dá coragem, poder, segurança e até voz. Um novo jeito de enxergar-me e ousar — acreditar que poderia aceitar

EN[QUADRO]

convites para um tal de um zouk que nem tinha ouvido falar; aceitar uma mãozinha, ainda que desconhecida, porque condução é em par; levantar e seguir em passos, mais sentidos que coreografados, conhecendo uma imensidão de vertentes e variações que poderia aventurar.

Aos poucos vi-me com vontade de aprender mais, me vi compreendendo contagens, vi-me perdendo o controle e aventurando treinos nas lojas de departamento do shopping. Já não equilibrava a vergonha com a vontade.

A dança é um encontro com verdades. Vai além de corpos para alcançar a alma. É se deparar com sorrisos sinceros, abraços que entregam, encontros que transcendem.

Frequentando bailes não me via mais sozinha, havia encontrado minha gangue, tinha uma turma para lanchar nas madrugadas, tinha a quem chamar para as loucuras misturadas com doidice de pouco investimento. Percebi que onde chegasse no mundo seria acolhida por um amor compassado e descompensado.

A galera da dança se torna uma família. São laços com vínculo de um sentimento em comum. Que cuida, que se atenta a detalhes, que erra, que se corrige, que se reestrutura e avança. A dança move e movimenta. Ouvi conexão?

A dança também me ensinou sobre amor, fé e persistência, esforço e sacrifício. Se fez refúgio e desde a primeira aula se tornou meu abrigo.

Por diversos âmbitos que me rodeiam, tive que responder que "não, não me dá dinheiro", mas me faz sentir, por isso faz todo sentido e vale qualquer entrega, dedicação, exaustão, envolvimento, interação.

Então eu poderia me isolar estudando para concurso ou frequentando congressos que somem ao mestrado e à minha profissão acadêmica, mas é na vertente da dança que eu fiz questão de investir o tempo que me sobrava e era extremamente importante para conter os surtos do cotidiano.

Dançar não se tornou prioridade em minha vida, não se tornou minha profissão. A rotina de aulas também não alcançou o estágio de um vício, ciente que minha alma é sedenta por novidades constantes e diversas, mas a dança garante boa parte do meu prazer em viver a vida alcançando êxtase em coisas simples, seguindo o fluxo, os sons, os toques, os ritmos, o vento e as curiosidades, inclusive com a capacidade imensurável que tem esse corpo em que habito, minha casinha móvel.

A dança salva, ela me salva! Fazendo uma retrospectiva de como eu evolui por meio dela (não necessariamente nela), posso ver o quanto cresci em autoconfiança e afirmação para defender o que gosto, penso e quero diante dos outros, independentemente de julgamentos, me ajudando inclusive nas relações e interações sociais, com seleção e adesão.

Para dançar eu me libertei do peso da crítica para, simplesmente, me sentir dançando, sentir cada parte de mim, sentir meus limites, sentir minhas vibrações.

Quero que todo mundo possa encontrar na vida, neste mundinho com valores palpáveis, algo que faça sentir-se assim: um serzinho dançante. Alegria de responsa para mim é ser lembrada e reconhecida assim.

Pilha-te

Antes mesmo de conhecer e praticar, o pilates me remetia a pilha, pilha a energia, energia a carisma, carisma a melhor forma de levar a vida. É, eu tenho mania de elencar palavras na memória.

Antes mesmo de entender o funcionamento e o significado, parei os olhos curiosos numa placa e entrei num estúdio perto de casa. Saí de lá com duas noites na semana ocupadas para a nova prática que não era nem a yoga nem a acupuntura que eu procurava.

EN[QUADRO]

Antes mesmo de definir que equilíbrio e postura me faltavam, tive a sorte de ser monitorada por duas fisioterapeutas que revezavam o espaço e as modalidades, sendo ambas criativas e perceptivelmente envolvidas e apaixonadas, tornando aquilo uma diversão com amizade.

Antes mesmo de dominar força e rigidez na prancha, nas bolas e nos instrumentos térreos, eu já me pendurava, alongava, estirava e pousava. Haja referências na elasticidade.

Pra mim, hoje, o pilates vem antes, qualquer outro exercício depois. Segura essa pilha.

As barras pra me segurar

Mais pesado que segurar a barra de gostar de alguém é nos segurar na barra. Anota aí.

Eu, que nunca gostei de levantar ferros na academia, gostei da ideia de utilizar barras para me levantar. A lógica: em vez de segurar a barra, ela que me segure.

Não era mais sobre levantar peso, era sobre não pesar. Foi assim que comecei minha trilha no exercício que remetia à dança, mas não só isso.

Sempre tive a mania de escalar portas e me pendurar em postes na brincadeira, então pensei: parece atraente acrescentar técnica a essa dinâmica que, em vez de uma moleca presepeira, me tornaria uma mulher mais sedutora.

Na prática, vi como o poledance ser socialmente atrelado ao sexy pode acrescentar peso ao movimento que requer, especialmente, coragem, força e determinação.

Não fazia ideia do tamanho da minha aventura quando escolhi o pole fitness, mas na contramão disso, um dos professores mais preparados e reconhecidos da região me aceitou. Sem conhecer ninguém, estive em aula com mestras e uma garota extremamente talentosa conhecida como "a invertebrada", tem noção?!

Em temporadas atribuladas, bem típicas da loucura da minha rotina de trabalho, entre outras forças precisei lutar contra a dos meus braços. E saí do chão, me suspendi, caí, fiz barulho, levantei, errei que só, quase desisti, mas tive ajuda, apoio e incentivo.

Não há sensação melhor que encarar um desafio e poder extravasar em fraternidade e paz. Quanto a isso, aquele espaço me sustentou como nenhum outro jamais fez.

Malabarismo

Tinha um gatinho de duas patas que apertava minha mão ao manifestar um dos seus medos, o de palhaço. E eu, sem graça, armava um circo de intimidade para aliviar qualquer trauma que o fazia fugir de tantos lugares para se resguardar.

De certa forma, aqueles medos me amarravam e, tempos depois de desfazer nós, um convite para uma aula demonstrativa circense me fez recordar quão longe estive de prazeres para me permitir malabarismos mais arriscados que aquele enlaçar de mãos.

Desde criança fui uma boa expectadora dos espetáculos, mesmo sem pretensão alguma de fazer parte do elenco. Não esperava daquele ambiente mágico nenhuma surpresa além das eleitas preferidas, como ter moedas encontradas no cabelo por Frota, o globo da morte de Carreiro e a sinfonia iluminada do Soleil.

Saber que poderia praticar acrobacia como modalidade de lazer, no entanto, foi uma grata surpresa. E lá fui eu, me aventurar entre tecidos e círculos de aço, a lira.

Eu imagino que, quando filhotes, o coração dos pássaros que aprendem a voar acelera de adrenalina enquanto suas asas ardem e seu peso se faz estrategicamente leve. Fazendo malabarismo tive certeza que eu podia voar.

Alçar voo passava pela apreensão da altura e pelo medo de quedas, o assar e queimar dolorido do ferro e do tecido em fricção na pele, a confiança de quem se atira para se sustentar em frações de segundo ou de cabeça para baixo. A arte circense balança as ideias.

Admiro a falta consciente de barreiras e limites para me considerar frágil.

Cross foda-se

Utilizando uma das sabedorias "coaches" dos últimos tempos: situações extremas pedem medidas extremas. Ou seja, quando a estética pesou na minha autoestima fui parar no crossfit em busca de solução drástica.

Me despedi da conversa com o crush falando que iria ali "ficar gostosinha" em vez de "birl fortona motivada" e ele, animado, gostou mais da expressão que confiou na aptidão para o negócio com pesos.

Sabia bem que dificilmente iria me encaixar naquele estilo de vida, mas precisava tentar para definir ao menos minha sentença: não pelos gritos, pelos tombos, pelas corridas no sol e pelos calos nas mãos.

Se você já viu um meme da menina que, ao tentar levantar, cai dentro do pneu de caminhão, vai entender como me identifiquei com ela na minha saga. Não escalava corda, não ficava de pontapé sustentada pelos braços, não resistia pendurada, não saltava em caixa alta de madeira, nem barra sem peso eu levantava direito.

No meu próprio ritmo, permaneci alheia e não consegui nem mesmo decorar o nome dos exercícios que me assombravam. Mas o "burpee" sim. Quando ouço a palavra "burpee" eu caio no chão. Não para pagar o exercício, mas para não pagar o preço. Foi pago e bem caro.

Par teens

Olha ela, aventureira! Sou sim, obrigada à vênus em sagitário. É fogo!

Do basquete misto do colégio ao acordar cedo, animada e eufórica, quando o dia é de mochila nas costas e pé na estrada.

Ouvi falar de novidade? Slackline, touro mecânico, patinar no gelo, sinuca, kart, boliche. Chama! Bora-bora. Tô colada e sem frescura.

Medo? Eu vou rir na cara do medo seja para arriscar tocar num animal, ir num brinquedo sinistro do parque de diversão, cavalgar, pular do alto de uma cachoeira ou em alto-mar, até escalar um morro lá.

Se minha mãe perguntar se tenho coragem de fazer porque todo mundo faz, provavelmente eu peça respeito: mãe, você criou uma líder. Sigam-me os bons.

Coisas que sustentam o que chamam de coragem ou perigo, sem fazer parte nem da técnica nem da rotina, eu vou topar. Só não chama de instinto suicida que me irrita.

Para trilha pode me chamar, só não garanto mais experiências em acampar. E tá tudo bem.

Na bicicletinha eu arraso; no patins já fui expert, hoje me equipo toda, mas ando também; a queda de skate que deixou um trauma, ainda arrisco sentadinha, que mal tem?

Como meu eu criança não quebrou um osso? Não sei responder também.

Nessa sede de viver a vida nem vejo o tempo, que castiga a coluna, e passa. Por mim, passa.

EN[QUADRO]

E eu continuo fazendo da noite criança, sequência de espacates no baile e chegando ao amanhecer em casa, sóbria de álcool e bêbada de mim.

Não sou mais tão jovem assim, e não entendo por que, sem interesse ou querer, aproximo muitos teens [adolescentes em triste tradução].

Voltar e conseguir subir as escadas

Morar só é aumentar drasticamente o nível de responsabilidade. Sim, meu sistema psicológico já estabelece o limite alcoólico capaz de voltar para casa e conseguir subir as escadas com dignidade. Já pensou que "morte horrível" aparecer no visor do porteiro me rastejando em quatro membros?

E que lástima seria chegar na porta e não conseguir destrancar. Pode até trazer companhia, uma garrafa quase fazia ou o salto na mão, mas dormir na porta, meu amor, não!

Quando falo sobre isso lembro do caso de um amigo que morava com a avó. Chegou em casa bêbado e desorientado após os embalos de micareta, terminou de amanhecer na calçada, jogado e, por sorte, ainda anestesiado. Nesse meio tempo, delinquentes lhe arrancaram até alguns dentes.

Nunca vou entender essa mania de se aproveitar da impotência de quem deita em uma calçada. A covardia imbecil que é atacar quem não está sob o domínio de sua consciência. Não tenham dúvida que, nesse caso, a gente até fez resenha depois da melhora do quadro, mas virou, com toda razão, um bom trauma.

Essa história me vem à memória, mas antes dela a consciência já me agredia também. Não terei quem abra a porta, está longe quem se importa. Se eu sujar o cabelo e a privada, vou ter que lidar com isso sozinha. E se tem uma coisa que lembranças sórdidas me diziam é que não tem coisa pior que ter que fazer faxina de ressaca, enjoando com o cheiro do que na noite passada você sorria.

Eu não posso adoecer

Eu tenho um quê do dom para cuidar. Vou aprender mímica se alguém que eu gosto não conseguir falar, vou tentar proteger para não machucar, saber exatamente onde vai doer se tocar, ler a bula do remédio e em hipótese alguma esquecer a dose e o horário de dar.

Eu nunca gostei de biologia e sangue é a kryptonita da minha pressão, mas posso ofertar a minha companhia em toda ocasião. Se não tiver um comprimido ou uma pomada, não vai faltar preocupação.

A primeira vez que eu fui no hospital da cidade em que moro foi apenas como acompanhante, mal sabia a enfermeira que eu apresentava os mesmos sintomas de quem eu acompanhava.

Quando se trata de mim, a minha máquina "corpo" não pode falhar. Sou a super-heroína que mora só, meu poder é curar como der porque "não vou ter com quem contar".

Não indico, mas tenho a mania de me automedicar. Já conheço algumas dores que me visitam, já dou aquele paliativo e já aviso: minha mãe tá longe e eu não tenho tempo de parar. Espero que o sistema compreenda e dê jeito na falha.

Meu limite é ver tudo escuro e o mundo girar. Fui parar numa mesa para arrancar os dentes já a ponto de infeccionar. Das poucas vezes que queimei pra passar no pronto socorro a caminho do trabalho, o médico me avisou que dali mesmo eu ia voltar para casa. Contei com remédio, não com atestado e minha falta.

O ano que mais adoeci foi o ano que tive alguém mais perto para ajudar. Ainda assim, minha mania de ligar independência à força é tão grande que com atestado já trabalhei de casa.

ENIQUADROI

Pra mim, sempre tem alguém precisando mais de atenção que eu. "Não é nada, vai passar". "Não se preocupe, eu não vou atrapalhar". "Tá doendo, mas é pouquinho" (se doer mais, mata).

Guardo dores no bolso para que percebam que podem ser esquecidas. Eu me distraio com a vida enquanto chegam os recebidinhos da farmácia.

É que eu moro só e de mim não dá pra cuidar.

[Receita não recomendada]

Jatada de sucesso

Dia desses ri por bons longos momentos junto à minha prima, ambas jogadas na minha cama de casal. A reportagem dizia que uma mulher foi atingida por um jato de leite por ter pedido a uma mãe para procurar outro lugar para amamentar a criança, pois, naquela recepção de clínica, ela estava desconcentrando o marido da que alertava.

Mas que jatada de sucesso! Que banho de realidade. Que riso para estancar o choro de uma mulher se prontificar a um papelão desse em prol ou em proteção a uma relação conjugal questionável.

Até quando homem barbado vai ser tratado como menino ou bebê? Até quando a mulher vai levar relações no colo por medo de perder o prêmio que é o marmanjo desmamado e irresponsável com seus olhares, suas vontades e atitudes?

Primeiramente, ele já deve ter visto algum seio antes, talvez todos os dias se a relação nupcial for saudável. Talvez, ele seja grandinho suficiente para saber como uma criança recém-nascida se alimenta e, se realmente estivesse incomodado, ele quem deveria se retirar do local — de preferência para reavaliar a concepção de vida.

O que incomoda na amamentação de uma criança? A nudez que é construída pelo pudor para maquiar aquilo que é natural e fisiológico?

Eu e minha prima seguimos seminuas, unidas pela fraternidade que existe nas relações femininas. Sim, nós somos mais íntimas que qualquer outra raça e não tem por que um homem nos tornar rivais ou inimigas. Aliás, muito possivelmente a problemática de nos ver ali, livres e leves daquela maneira, poderia criar imaginações que nós estamos zero preocupadas.

Mulheres, sejamos nosso elo mais sensato e estará tudo em família.

Dó do Só

Volta e meia alguém me trata como tadinha pelo fato de estar sozinha. Mal sabe a diferença entre morar só e viver só.

Costumo explicar que passo bem pouco tempo sozinha, mas, por vezes, quando eu chego em casa, estar só é tudo que eu esperava e mais queria.

Às vezes meu esforço é inverso: estar junto.

Sei o quão estranho isso pode parecer, mas "bicho do mato" é o meu jeitinho.

Para algumas pessoas não faz sentido trocar a farra entre amigos, as luzes e energia que contagia. Não faz.

Mas às vezes faz sentido para mim. E a sensação é paz.

Sem esforço pra conversar, sem cobrança ou satisfação pra dar, sem ter que aceitar ou esperar uma resolução. Sem nada policiado ou por obrigação.

Isso não quer dizer que toda relação ou interação de forma generalizada demande muito de mim ou que eu não sinta saudades, ausências ou falta. Mas às vezes a falta é da minha casa. Solidão. Solitude.

Do me sentir inteira, à vontade, íntima e tranquila.

Para mim, o maior dilema de morar só são as contas e os problemas que andam em bando e chegam de vez. É quando o "tudo meu" dá lugar ao "tudo eu" e, se tu não der jeito, ninguém mais vai dar.

Só de sozinha e só de solidão

Ao contrário do que cantou Vanessa da Mata em "Não me Deixe Só", eu não tenho medo do escuro e dos fantasmas da minha voz. Em grande parte das vezes, estar só é uma escolha e uma decisão.

Eu não fico só comigo mesma, eu sinto prazer em minha companhia.

Minhas vozes, meus gostos e até mesmo minhas preguiças.

Aprendi muito a curtir a minha presença e ser minha melhor parceira.

Não vinculo estar só aos momentos de tristeza e não fico triste estando sozinha.

Eu passo momentos de alegria ao meu lado; vou no cinema, viajo, comemoro, me faço um jantar, descubro novidades, me presenteio, me mimo, me dou atenção e até armengo umas boas fotografias.

Aprendi a fazer por mim tudo que eu faria por outro alguém.

E olha, eu me saio muito bem. Não é que sei me agradar direitinho?

Não é que eu escolhi seguir o caminho da solidão, mas aprendi que as coisas não têm que ser melhores apenas se eu tiver alguém do lado.

Entendi o que é estar melhor sozinha porque as pessoas têm o direito de não nos amar, mas nós definimos o que nos é suficiente para ter alguém por perto.

Eu aprendi que o limite de abrir mão começa no saber quem sou e tudo que quero para não aceitar menos. Eu entendi também que, ao me amar, eu não aceito um amor de qualquer jeito. Todo amor tem dedicação, pra mim ou para o outro.

Aprendi que se alguém não quer ser amado, não precisa esforço. Canalizo o amor pra mim, simples assim.

Sobre me amar estando só, eu aprendi mais lutando sozinha contra a solidão com alguém do lado.

Amor próprio é um processo diário e caminho sem volta.

Dá licença, estética

Não, eu não me acho bonita e há dias que eu me supero a ponto de concordar que possa estar um pouco atraente. Na verdade, eu me esforço muito (e com as mudanças do meu corpo ultimamente um pouco mais) para me fazer captar a mensagem que insisto em transmitir: se aceitar é extraordinário.

Aceitar as diferenças do nosso corpo e entendê-lo como um templo que merece carinho e respeito incondicional. Aceitá-lo, reconheço, é um processo daqueles bem difíceis mesmo. Não quero nem me aprofundar no discurso sobre a cultura e os padrões que nos enquadraram por tanto tempo. Na verdade, meus professores de Jornalismo que me perdoem, vou bem pedir licença para esquecer a estética por aqui. Ao longo das histórias vocês vão entender que a estética não fará muita diferença.

Imagine que esse é um daqueles dias em que saio com o total de uma lavagem de água fria no rosto. Zero make, chapinha, bijus.

Zero vaidade e afins. Aquele dia que o cabelo diz não e você não discute, vai assim mesmo. Definitivamente não acordo mais cedo para discutir com o espelho sobre poupar quem quer que não se depare com a minha verdade.

É que sempre tem aquele dia em que você teve que decidir entre lavar prato e ficar sentadinha no salão fazendo a mão. É que nem sempre alguém vai acariciar seu coro enquanto cuida do seu cabelo. É que encontrar um boy sem a depilação ideal não deveria causar desespero.

Eu sou dessas que, quando se arruma, as pessoas percebem a diferença. Não sei você, mas eu realmente considero que muitas drags são muito mais femininas do que eu. É, eu (não) me esforço, na maior parte do tempo estou com o aspecto natural da preguiça mesmo. De não fazer mais pela expectativa de beleza do que por mim.

Que me perdoem os laços e babados que minha mãe sonhou e que se tornaram apenas mais coisas nas quais não me encaixei — já não sinto tanto quanto antes por isso.

Reflexo: em cima do muro e chumbo dos dois lados

Preto, branco e a contextualização do resultante pardo

Volta e meia eu preciso respirar. Me esvaziar de tudo que confunde, cerca e pesa. Me ver, me rever, e é diante do espelho que eu vou me encontrar:

mãe branca. Pai preto. Funcionários públicos. Família classe média. Um irmão igualmente inter-racial. Natural de cidade do interior da Bahia, destaque no hortifrutigranjeiro, status e carro do ano ou importados.

De onde eu vim.

Entre o banco e o tratamento das águas. Entre as terras de produção de cacau e o apego urbano municipal. Não católica batizada, mas criação cristã, melhor seria se não protestasse. Conhecimento algum de ancestralidade. Fé em uma verdade: vislumbrar as coisas do céu e não querer ser do mundão.

Muito me formou.

Poderia ser assim que se preenche os formulários de vestibular, Enem ou IBGE. Mas não é. Preto, pardo, amarelo ou branco? Colorismo misturado. Ou tom da pele marrom clareado. Da cor do pecado, eu já ouvi. Mel. Moreninha. Bronze bonito. Que não é bronze, pois nunca é desbotado.

Quem eu sou? Quem eu sou. Quem eu sou!

Volta e meia lembro do tratamento de pele contra acne que fiz na adolescência e coisas que ouvi quando fui dermatologicamente proibida de tomar sol: "Quer virar Michael Jackson?". "Vai ficar branca?". As perguntas salientavam a diferença e mostravam que aquele claramente não era o meu lado.

Cabelo cacheado, porém, alisado aos seis anos no salão bem frequentado ou escovado semanalmente para oferecer o melhor ao Senhor. "Ela pediu para deixar o cabelo igual ao da mãe". Não era suficiente para ser um "black bem cuidado". "E dread pode ser lavado?". Melhor dar jeito de ele baixar e rezar para não vir ninguém de lá pra cá chamar de "cabelo de ravengá". São memórias que vez ou outra vêm me visitar para fortalecer a peruca, ou bagunçar.

Lembro que chegar em loja com meus pais demandava um melhor atendimento, era diferenciado. Falar sobre vínculos e parentescos onde todo mundo se conhece deixa tudo mais fácil. A saga pela busca da saia composta para carregar o legado parecia básico. "Preto tem que andar bem arrumado". "É preciso que vejam Jesus em você". Qual, aquele branco do olho azul ali ressuscitado?

Frequentei escola particular. Acesso a ambientes onde destoava da maioria. Mas existe mesmo minoria? Boa aluna teria que ser o

EN[QUADRO]

meu lugar. Pra honrar o histórico da família no colégio de tradição. Toda ela não, a parte que não era "castigada" com o ensino público e herdava o conhecimento privado.

Na roda de paquerinha, entre tantas amiguinhas, surpresa seria ser a escolha ou primeira opção. "Raimunda, feia de cara e boa de bunda" — gritou em algazarra o garanhão. Um corpo em formação. Brincadeira, todo mundo riu. Não se pode levar uma "bobeira dessa" para o coração. Racismo nunca, ali não. Ninguém era cumprimentado como "branquelo", mas ouvia chamados de "negão" atravessando o portão.

Me pergunto se o que sempre foi problemática era a minha percepção.

Aos dezessete anos saí do estado. Era hora de se encontrar e entender meu lugar, certo?

Marco da primeira experiência de trabalho:

Uma colega de bancada: "não tire a bolsa enquanto chego, sou negra, mas não vou te roubar."

Eu: "Mas, moça, eu só queria desocupar para você ter onde sentar. Também sou negra."

Ela: "Falar é fácil. Nunca vão te discriminar."

Será? O que nem tão velado assim é também pesa.

Então, usar turbante é apropriação ou posso ocupar meu lugar? Mas ouvi um sermão quando disse que utilizar adereço, seja por quem for, é uma forma de reconhecimento na prática.

Na discussão acirrada sobre diáspora entendi que a voz que questiona por entender pode ser considerada dispersa à causa. Ouvi quem julgasse como invasão a frequência em festa afro, ouvir black no carro, usar vestido feito de capulana — desrespeito ao que é sagrado. Encontrei quem atrelasse a identidade da raça à periferia, pobreza e marginalização.

Será que eu poderia compartilhar sobre o que aprendi de Oxum e querer passar uma temporada na África?

Autêntica mesmo é a liberdade de ser e não ser silenciado. Aprender a se encaixar diante do espelho, se espelhando em quem veio antes e abrindo caminho para quem vai ao lado. Não nos deixemos ser deslocados.

Amor em frente ao espelho

Você já reparou que alguém vive dentro de você todos os dias? Pois é, desde que percebi que eu habito em mim, passei a me notar todos os dias.

O momento de conexão diária e constante pode ser ao acordar. Olhar dentro do próprio olho e falar ao menos um "bom dia". A gente se preocupa em cumprimentar porteiro, padeiro, todo mundo que passa pelo caminho, mas não conversa consigo mesmo.

Você já falou consigo em frente ao espelho falando o que está sentindo, expressando sentimentos?

Encontre a sua forma de se conectar com você. Seja meditando por cinco minutos, mantendo um silêncio para se escutar, treinando a maneira de se perceber para que, aos poucos, isso se estenda ao longo do dia de forma que você passe mais tempo consciente de si, sem necessariamente pausar.

Mas prefiro chá

Eu nunca gostei de café. Nunca gostei de bebida quente. Gosto de sentir o gosto. Gosto da sensação gostosa de gostar. Frio na barriga. Engolir sem poréns. Do fluxo natural de não ter que provar.

Nada, a ninguém.

Detesto ainda mais a crença de que a gente não faz só o que gosta, que tem que suportar, que tem que engolir a seco, que tem que conviver com quem faz mal, que tem que se enquadrar e levar até onde dá.

Eu não faço questão de seguir na contramão, mas prefiro controlar a carga pesada das minhas diferenças.

Cheia de logo, pra já, pelo certo, faço eu. Me empurro pra vida!

E vida é ribanceira.

Mas se eu desabo, subo no ritmo da dança. Só o coração domina a arte de descompassar enquanto transmuto a calma do propósito de todas as coisas.

Então, 2020, amargo de dar nó na garganta. Eu não tive como recusar a dose. Me vi numa prisão sem grade e na impossibilidade de fugir, me vi por dentro, pra desatar.

E, gente, não há conforto no autoconhecimento. Cada tijolo é tijolada, o processo é gerúndio, a gente vai desconstruindo. Indo... Indo... Indo...

E quando vê, não dá pra fechar o olho que só quer enxergar. Tem uma questão que incomoda. Uma dúvida que precisa de resposta. Um contexto que já não te cabe. Uma resenha que já não tem graça. Um desejo/anseio que não passa. Um você que se passa.

Não é à toa que "maturidade" rima com claridade, mas também com tempestade e liberdade.

Chico disse que não podemos escrever um novo começo, mas podemos começar agora e escrever um novo fim. Não sei ao certo qual Chico foi, sei que não foi um Chico qualquer e que agora fez sentido pra mim.

E assim eu digo sim, eu escolho desenvolver e evoluir. Eu vou ensinar como me admirar, porque eu tô aprendendo também. Eu me entrego, confio em mim, basta acreditar.

Eu mereço e desde já agradeço.

Minha hora assopra e eu sou pluma. Meu desejo escorre, vou encher a outra metade da caneca de vida.

Dark em mim

Dark foi uma das centenas de séries que eu maratonei na solidão do meu AP e a única que apresentou um final que eu gostei. Não importa se foi avaliada como a preferida da Netflix, importa que seja a única que ofereceu um final agradável para mim (risos).

Todos nós temos nossa escuridão, nossa sombra, que deve ser assimilada para que entendamos o espaço da nossa luz. Mas não é bem essa consciência filosófica que eu quero compartilhar como experiência.

Mesmo que tenha encontrado algumas brechas na trajetória, o resultado apresentado pela série foi bem amarrado e fiel à narrativa de fuga à dualidade. Afinal, entre o passado e o futuro temos um presente, não é mesmo?!

Desde a primeira temporada, a trama proposta por Baran bo Odar e Jantje Friese me cativou pela necessidade de atenção e interpretação. Como boa capricorniana, gosto do que me dá trabalho e, de bom grado, me faz querer aprender mais.

Todo episódio ia além daquele negócio de me apresentar paradoxos, ciclos, emaranhados, versículos, símbolos e referências, quebrando qualquer interferência do tempo no fluxo dos acontecimentos, me fazendo desenhar uma árvore genealógica e, por vezes, ter que aceitar a afronta que é me dizer: "é assim porque tinha que ser para tudo acontecer".

Enquanto sempre considerei Cláudia minha personagem favorita por identificação, em um dos milhares de vídeos do YouTube a que assisti no vazio de saudade que a série deixou, o personagem

EN[QUADRO]

que representava os capricornianos era o que alguém muito querido (que não sei se lerá esse livro) chamava de "cara da boca lascada" — vulgo "infinito", filho de Jonas e Martha.

Mas como assim eu não seria representada por minha The Monia predileta, o Diabo Branco de Todos os Mundos, garota exigente, esperta e sagaz, à frente do seu tempo, que cuida de quem ama do seu jeitinho peculiar, que não se importa se os outros a entendem como vilã contando que resolva a p* toda?

Como eu seria representada por aquele fulano sem nome que nasceu para trabalhar e reproduzir na tal vida que passou sem um pingo de amor? Abalou minha estrutura astral pensar nas similaridades que poderia ter com aquele combo em que enxerguei apenas como o erro da Matrix.

Foi essa brecha no meu universo/tempo que me fez refletir que nós não "somos" (seres estáticos), sempre "estamos" (seres em evolução). Mas quem exatamente me identifica agora? Qual é a melhor versão de mim? Teorizações, sofismas, filosofia e confusões? Se você não gosta de nada disso pode parar por aqui.

Mas se resolveu seguir, eu vou te contar o que minha inquietação foi capaz de provocar: quis saber tudo daquele ser que, por ventura, iria representar meu astral na minha série de melhor final. E foi assim que eu encontrei no YouTube um vídeo de Raphael PH Santos chamado "Dark: Nossa Melhor Versão (o Paradoxo de Teseu)".

Vou me referir ao personagem de lábio leporino como "infinito", tá?!

Nas vezes em que o "infinito" aparece na série, sempre com uma função a desempenhar, é o adulto quem parece a versão mais empoderada para ações, assumindo as rédeas da situação. A criança e o idoso mal falam. Mas por que eu deveria achar o adulto melhor que a criança que ele foi ou que o idoso que será, no mínimo, mais experiente? Seria eu melhor agora, gente?

Partindo de um cenário em que as viagens no tempo são possíveis como em *Dark*, eu poderia interferir na minha história se tivesse a chance de viver com o meu eu do passado. Se a criança que eu fui convivesse comigo hoje, eu estaria reescrevendo minha história ao mesmo tempo que escrevo. Estaria influenciando meu passado e refletindo diretamente em quem sou agora.

Mas, se somos o que fomos e estamos sendo o que vamos ser, a nossa melhor versão é a de agora. A única que pode fazer alguma coisa por quem já existiu e pra quem ainda vai existir. Num cenário fictício, em que eu possa ir para trás ou para frente dentro do tempo. Qualquer coisa que eu faça para o eu do passado ou do futuro sempre vai se concentrar no meu eu de agora. Tudo vem para o centro.

E esse centro sou eu, sempre vou ser eu em minha essência — aquilo que, mesmo se a gente decepar nossos membros e até parte do cérebro, talvez ainda nos manterá ativo. Eu em minha identidade, o que me faz única e singular. O que sou quando ninguém vê e tudo que sou e não posso transferir para ninguém, ainda que tenhamos compartilhado experiências e partilhemos de sentimentos, pensamentos e referências.

Essa essência, que Julian Baggini chama de "pérola" no livro *The Ego Trick* ou David Hume trata na "teoria das percepções", me transmite a ideia de que, ainda que mudemos ao longo da vida, o núcleo não vai mudar. Tudo que é acrescentado e pode parecer uma mudança de identidade não interfere no que continua intacto, cada vez mais forte, encorpado e consciente de sua própria existência.

Para ilustrar, o youtuber trouxe o conto da Grécia antiga, em que Teseu partiu em um barco de um ponto A para o B, mas, ao longo de cinquenta anos de viagem, ele foi substituindo cada peça do barco à medida que foram se desgastando, até que todas foram alteradas. O barco que chegou do outro lado era o mesmo? De forma indireta, Erato trabalhou o barco como um rio, em que a água corrente lhe faz renovado, no entanto, ninguém precisa rebatizar o rio.

Então, penso que, mesmo com minhas mudanças, serei eu mesma daqui há alguns anos, quando algumas coisas de agora não fizerem mais sentido, quando já tiver mudado algumas ideias, quando tiver mais experiências, ainda assim serei eu. Eu serei lá na frente a minha noção unificada.

John Locke responde que "o homem começa a ter quaisquer ideias, quando ele tem qualquer sensação". É por isso que eu preciso viver para ser. Por isso a sede de viajar, ler, conhecer, realizar.

Locke ainda diz que é preciso "ter metade do tempo para usar a outra". Então, acabei me convencendo de que agora eu sou minha melhor versão. Porque preciso ser total e completamente o que sou agora para ser o que serei amanhã sem me atropelar. A criança que eu fui não era metade do que sou agora e, se eu não fosse quem sou hoje, ela se tornaria automaticamente meu fim.

A melhor versão de mim é a que estou aprendendo a amar, respeitar e, de quebra, estou apresentando a vocês. É a que viveu e ainda pretende viver um monte de coisas sem se atrapalhar. Porque quando meu tempo acabar, pouco vai importar o que sou ou o que fui, pois não estarei mais aqui. Eu não serei "infinito", mas ele me representa agora.

Agora estou mais alerta em não deixar minha vida em vão como o repetir de um ciclo, pra não ser eterna causa e efeito. Atenta para ser a grandiosidade de todas as minhas percepções e tornar minhas memórias a preciosidade do tempo, em que poderei revisitar sempre que precisar ressignificar, redefinir e facilitar minha vida ao viver infinitamente agora.

E se um dia eu realmente tiver coragem de tatuar a frase "Hic et Nunc", não vai ser uma forma de me aproximar de Ian Somerhalder. Vai ser a prova da minha decisão de fazer do "aqui e agora" minha forma de viver.

Espero que não tenha parecido "dark" para você a descoberta de viver por mim.

Dê limite a essa tradição toda

Ouvi umas três vezes um "tem que ser assim porque é a tradição" até não aguentar mais. O meu casamento, se um dia realizar, será do meu jeitinho, como rege a lei de que todos não são obrigados a nada além de ser feliz.

Até onde você deixa uma convenção te deter? Qual é o teu limite de afronta? As regras que não te definem te satisfazem? Espero ouvir gritos de "isso ai" para não me sentir aquela noiva abandonada no altar (que brincadeira besta).

Pois bem, no dia em que eu casar, se eu casar (vale rezar), não será na igreja e não haverá espaço para padre nem pastor. Farei meus versos e ele os deles, simples e sinceros. Alguém judicialmente próximo fará a sentença e amém, partir para todas as danças que todos ali puderem meter.

"Ah, mas isso não é um casamento tradicional brasileiro."

"Legal, atura ou surta!"

Pois bem, no dia em que eu casar, essa data há de chegar, as minhas amigas de infância irão entrar de demoiselles, tenham elas casado anteriormente ou não.

"Ah, mas não é de bom tom para o parceiro ser separado de seu casal." "Tem que ser madrinha, pois não é mais solteira."

Aham, tá bom, se o mocinho não entender a essência de uma infância bem unida vai sentar lá emburradinho que passa, ainda pega que foi convidado! Hum!

Pois bem, o meu casamento vai ter comemoração íntima e convidados contados porque não quero ninguém que penetre apenas para comer e não faça ideia da energia que permeia a relação.

"Ah, mas as famílias sempre têm aqueles convidados por consideraç..." mimimi.

Se o noivo for leitor, desavisado não foi. Se não concordar, não case!

Espero gente da gente e de mente livre. Será um momento de gratidão pela graça divina, afinal, a gente passa um bom tempo da vida duvidando que case e ainda sendo obrigada a ouvir que casamento é um investimento desnecessário. Ora, vá!

Concordo sim que não é uma realização. Romantizaram o lance das relações de parceria e praticidade. Às vezes não vai dar certo e isso não deve pesar como frustração. Quase sempre precisará de boa vontade e paciência. Mas, cara, não é todo dia que se casa e também não quero casar pra jogar a relação pela janela num dia de surto.

Eu sou daquelas que valoriza as celebrações de uma vez na vida. "E que haja fotos", disse eu mesma. Por valorizar eu não preciso supervalorizar no preço a ponto de gastar o que daria para comprar um carro, uma casa, uma viagem — muito Nutella.

Não desejo nada além de uma noite de realização memorável compartilhada com gente querida e muita risada. Comemoração da certeza de uma escolha feita em parceria com o desejo mútuo de fazer dar certo e durar. Mas, especialmente, que a única regra seja o amor e a tradição seja as núpcias, claro.

Pois bem, me conta o que você deseja que seja do seu jeitinho no seu casamento. Vamos reunir a fé em São Loguinho, digo, Sant'Antônio, assinando o nome nessa barra que é esperar pelo noivo.

[Ps.: se você me lê, sabe que eu te amo e já tenho os versos prontos. Marry me? Mas faz o pedido e vamos para lençóis — não disse quais — nessa vida ainda.]

Quadrado rola

Caso a proposta seja sair do meu ou me redimensionar para caber confortável no seu, desisto. Cada um no seu quadrado.

Não aceito jogos, exigências nem desrespeito, nada que me tire a paz ou meu sono, que desestabilize meu emocional e me proponha insegurança. Apego e dependência não me cabem, assim como fingimento não me agrada, cansa. Não me disponho a educar, quero alguém que já tenha aprendido a amar sozinho.

Fugir pra dentro

Há várias formas de diálogo interno, mas especialmente ouça quando seu corpo sinaliza: me tira daqui, aqui não é o meu lugar.

O desconforto é a energia que pesa, a exaustão, o cansaço. É o tormento incômodo do deslocamento, do desencaixe. É quando o riso é falso, o olhar desatento ou o sentimento é insegurança, desconfiança, precaução.

É quando a concordância é preguiça, quando o silêncio grita.

Não se esforça, não força. A gente carrega na alma a sabedoria mais nobre da nossa essência.

Só fique onde cabe o inteiro de você.

Se precisar fugir, não tenha dúvidas que o melhor refúgio é dentro. Tempo para ganhar-se e não se perder.

Pijama é o novo normal

Abençoado seja quem legalizou a moda do moletom.

Um estiloso amém!

p-i-j-AMA.

Eis um mantra e uma prece que eu sempre irei dominar como ninguém.

ENIQUADRO1

A louca do Natal

Eu sou uma espécie de louca do Natal. Mas não a ponto de me martirizar repetindo "Então é Natal" da Simone enquanto me pergunto o que eu fiz em mais um ano que termina. Tenho sim o costume de fazer retrospectiva para o ano que começa outra vez, até porque para mim é realmente um ano novo. Mas o Natal.

A decoração, o cheiro, a comida, os reencontros e os filmes. Minha festa preferida e nem discuto com os amantes do São João. Sim, eu sou baiana e, por mim, no sol rachante de dezembro neva isopor.

Não gosto de pensar o Natal com o peso da desigualdade ou uma mera estratégia bem feita de marketing que deu muito certo. Não, os laços não são só enfeites, são reais, têm amor, tem todo um ar trabalhado e mais propenso para humanidade, solidariedade, sensibilidade. Como isso me encanta. Mais que presente, o querer agradar.

Não gosto de cozinhar, mas nas preparações da ceia, me empolgo nas receitas. Reservo um lugar no buchinho para as delícias que aguardo o ano todo. Sou do tipo que ornamenta a casa mesmo que vá viajar com a família. Só pela alegria de ter a casa iluminada o mês inteiro e enrolar por outros tantos meses porque, por mim, seria Natal o ano inteiro.

Não é à toa que um dos meus lugares preferidos na cidade em que moro é um restaurante oriental cuja ornamentação natalina com direito a Papai Noel gigante permanece o ano inteiro. Poderia ser apenas pelo yakisoba delicioso em fartura e a recepção daquela família que dá vontade de apertar como os olhinhos, mas não é especialmente porque lá sinto que as festividades não têm fim.

Pois bem, eu assisto a todos os filmes, séries, minisséries, desenhos, tudo que tenho acesso todos os anos. Não é surpresa que as produções venham ficando menos clichês, mas em 2021 tô amando mais os "refrescos" da Netflix a cada semana.

Muito mais que trilhas sonoras — que não se resumem mais às melodias clássicas de Natal e dão show dos hits em retrospectiva ao mesmo tempo que lança tendências para o próximo ano —, os lançamentos trazem discussões necessárias e, claro, não deixam a chama da esperança no amor e no romance se apagar.

O filme *Um match de Natal*, com a Nina Dobrev (sim, a eterna Elena/Katherine de *The Vampire Diaries*), falou sobre os encontros e desencontros das redes de relacionamento; a minissérie alemã *Um Natal Nada Normal* tratou as frustrações profissionais de jovens e as provações nos reencontros de família; *Arranjo de Natal* não decepcionou em trazer o ar inconformista e revolucionário do francês servindo feminismo de forma direta em ceia de Natal e outras festas mais. Afinal, não há tempo para mudar padrões e posicionamentos sociais e musicais, não é mesmo?!

Dificilmente algo roubará o trono da Ângela, por tanta pureza e inocência, pela esperança que brilha como estrela que guia, quero sempre mais, estou pronta.

Mas, por hoje, termino inspirada com uma frase memorável que adaptei à minha maneira: "antigamente as informações eram raras, hoje ser ignorante é opção. Por favor, eduquem-se!". Não só ao estilo Simone de Beauvoir, mas dê uma passada por bell hooks, Lélia Gonzalez, Angela Davis, de forma mais contextualizada, Neusa Santos Souza e, por favor, Conceição Evaristo. Ignorância, machismo e perguntas idiotas não passam mais nem para manter o clima.

Vestígios de 2020

Osho diz que sobreviver não é vida, mas, cara, a gente sobreviveu a tanto que nossa vida ganhou mais sentido. Na tormenta, perdemos um mar de gente e alcançamos a gota d'água. Foram tantas dúvidas, medos, anseios, que fomos impulsionados tecnologicamente na mesma onda que nos fez recuar, recolher, repensar e ressignificar.

Tivemos que lidar com movimentos necessários, como indivíduos e como sociedade. Coisas que precisavam ser divisores de águas. Alguns seguiram o ritmo da maré, outros apenas maresia.

Estar à deriva nos fez ouvir sem ter o que falar, ainda que tivéssemos tanto contra o que remar e o silêncio nunca tenha gritado tão alto.

Sobreviver nos fez exercitar o sorriso dos olhos, estar perto à distância, ter saudade da liberdade, ter mais prioridade que condições de planejar. Nos fez mais reais, nos diminuiu perante a grandeza da natureza e, se isso não é viver, ao menos nos aproxima do que é amar.

VOAR

Casa dos pais ainda é lar

Por um bom tempo fora da casa dos pais, nos lembramos e remetemos a ela ainda como "nossa casa". Feriado e férias na faculdade: vou pra casa. Histórias antigas: lá em casa, e assim por diante.

Chega um momento em que a casa dos pais se torna deles e nós, já ambientados onde moramos, somos uma espécie de visita ao retornar. Há aqueles que se apegam nas regalias que só encontram em seio de mãe e colo de pai. Em mimo de avós. Em cumplicidade de irmãos.

Na casa dos pais ainda existem vestígios nossos — algumas coisas que deixamos, outras que recordamos. Mas já não estamos inteiros. Já falta algo que não cabe na mala e, com a extensão do tempo, o desejo é voltar pro aconchego de casa.

Fato é que, passe o tempo que passar, existe em algumas famílias um elo e uma bênção, um espaço-tempo que nos abriga se precisar voltar.

Lá é lar.

Lar é sentimento e bagagem

Em uma das cenas de *Um Menino Chamado Natal*, apostas natalinas da Netflix em 2021, a narrativa diz: "lar é sentimento e não sabia quando iria se sentir assim novamente".

Isso fala tanto sobre pertencimento, acolhimento, conforto e se encontrar. Coisas que, sim, são facilitadas com um ambiente propício, mas, principalmente, devemos ter estabelecido por dentro. O menino precisou ter fé para enxergar que seu sentimento é bagagem.

Quando você pode cantar "eu sou meu próprio lar", você sabe identificar a linha tênue que existe entre regras e imposições. Não é à toa que se ouve "minha casa, minha regras". Não é à toa que, quando você convive bem consigo mesmo, qualquer situação que valha a sua paz é cara demais. Já não importa quem olha de fora se você não sai de si.

Regras são estabelecidas, mas não se submetem a menos que sejam aceitas. Do contrário, é possível criar marionetes. Nunca devemos confundir gratidão com submissão.

"Porque limpar dessa forma não fica bom" — limpe como achar melhor. "Porque esse é o horário em que se deve fazer" — faça no horário em que você pode. "Cremos nisso" — busque base para suas convicções. "Não gostei dessa roupa" — saiba filtrar opinião. "Devia ter falado assim" — não se envergonhe da sua verdade. "Ninguém gosta de você" — reflexo das vozes de uma cabeça que se incomoda por precisar de aceitação e aprovação. "Só se importa com você" — você é o seu único representante, se priorize como ninguém fará. "Você precisa aprender a ser…" — muito provavelmente você não é mais alguém manipulável.

É extremamente importante se conhecer para não sair por aí se fragmentando para obedecer, para parecer, para agradar e deixar de ser. Saber a diferença entre omissão e respeito nos tira de espaços onde nunca iremos caber.

Ser lar também é convicção, especialmente quando precisamos ser nosso próprio abrigo em casas alheias. Quando não devemos preencher com vazios nossos cantos que são morada.

Empreender não é um mar de rosas

Empreender não é um mar de rosas. Você se ferra, o país te ferra, as pessoas tentam definir seu preço, a família prefere acreditar no concurso e você tem que superar o medo de tudo dar errado.

Ainda assim, não é a pior onda.

Por muito tempo eu tive apreensão. Se manter de "freela" é mesmo um ato de coragem. Não há certeza e segurança nesse oceano que pode permanecer vermelho a perder de vista.

Eu sempre naveguei muito pela internet, projetei um site como Trabalho de Conclusão de Curso (TCC), no qual obtive nota máxima, mas ainda assim não enxergava um horizonte para expandir profissionalmente sem grandes investimentos.

Quando comecei a traçar a rota do empreendedorismo, eu era uma infeliz funcionária explorada no setor privado com exaustivas experiências e nenhuma perspectiva de ascensão.

Aquilo foi me dando uma vontade de nadar contra a maré, porque parecia ter naufragado na vida. O tempo iria passar e eu continuaria naquela espécie de ilha, esperando a água subir até não conseguir respirar e me afogar em insatisfação.

Era apenas "uma menina" com diplomas debaixo do braço, um bom currículo com experiência de lugares que consegui acessar, mas que não tinha espaço para crescer. Com sonhos que não conseguia pagar nem parcelado.

Eu estava cansada de fazer o que tinha que fazer para sobreviver. Me questionava sobre minhas preferências por sempre querer mais que podia alcançar.

Quando fui convidada a abrir um CNPJ para alterar minha forma de contrato, vi que talvez aquele fosse o pontapé para meu grito de liberdade. Barco não dá ré. Ou eu seguia em frente ou ancorava lá no fundo do poço.

Mesmo sem completar um ano empreendendo, algumas vezes cheguei a juntar valores mais altos que salários pelos quais trabalhava quarenta horas por semana. E eu fiz isso no conforto de casa, definindo começo e fim.

Às vezes me sinto em alto-mar quando fecho os olhos e o vento entra pela janela. Se abrir os braços estarei voando. Sou uma mulher livre, mesmo com tanta burocracia.

Mudança

Eu virei a mudança que queria ver fora e me abri para acolher a mudança que chega e me ganha por dentro. E a mudança é incerta, não tem constância.

E, gente, o que parece coragem não passa de um medo que já vivi antes. Tenho pra mim que se fossem líquidos eram doses semelhantes.

Deus, o universo e a energia. O físico e o quântico são testemunhas de como aprendi a dar asas à minha fênix. E sem que eu tenha forças, ela dá um jeito de sair do buraco e planar.

A solução está em mim, muitas delas. Tá que tá! Então, eu estou me dando o crédito sem parcelar.

Saber que, pra me vestir, preciso saber meu número; pra que a crítica não passe de opinião, eu tenho que estar certa do meu valor. Pra querer longe eu já estive perto (e vice-versa).

Pra não aceitar menos, tenho que entender meu suficiente. Pra amar, tenho que me suprir primeiro. Pra consolar o adulto, assegurar a criança.

E eu quero mudar, me mudar, mudar o mundo, mudar meu próprio mundo. Mas não aceito qualquer mudança. Mudança que vem de fora, que traz tormento, que deixa no relento.

Mudança é pra melhor, lado prazeroso do diferente. Mudança é o que limpa o pó, sacode a poeira e tange a eterna opinião formada sobre tudo de dentro da gente.

Concordo em discordar

Ainda cedo, quase menina, fui intimidada a opinar. Mais sorrateiro que um "cala a boca", veio como uma ameaça: "Sempre discordar te faz parecer 'do contra'" e uma sugestão: utilizar "concordo em partes" para se posicionar.

Funcionava assim: depois de ouvir bastante da lição transmitida por um rapaz carente de reconhecimento, elogio e aprovação, se quisesse ao menos acrescentar algo na classe, deveria usar o "concordo em partes", ainda que tenha achado muito daquilo excludente, machista e não houvesse parte alguma em concordância para citar.

Anos depois, ainda me debatendo sobre se deveria mesmo "falar" toda vez que me sentia machucada, insegura ou invadida em meus limites — limites que mal sabia que tinha, tamanha era a extensão das margens que abria para um boy querer ficar na minha vida —, ainda assim era julgada: "para que textão?", "lá vem problema". Tudo que eu sentia não passava de problematização.

Passei a me perguntar se eu era mesmo do contra. Mas por que doía tanto engolir, fingir não ver ou não me importar? Mas com que raio de parte eu teria que concordar?

Foi longo o percurso para entender que a fala tem lugares que são meus e que cabe a mim ocupar. Que em outros espaços, que não me representam, eu não só posso como devo me posicionar e discordar.

Ora, veja só, se nem sempre concordo comigo mesma, por que utilizar a expressão como forma de agradar? Discordo plenamente de muita coisa que já falei ou calei. Discordo com o tanto que concordei. Discordo em ter uma forma educada de fazer calar.

O mundo lá fora

Acabo de fechar a sétima caixa de mudança. Não sei ao certo quantas dezenas de garrafas eu conseguiria encher de lágrimas nas últimas horas. Talvez dias.

Não, eu não prendi o umbigo aqui, mas sem dúvidas me senti em casa.

Não, eu não estou tomada pela vontade de ficar, mas tem coisa que não dá pra levar na mala.

Eu estou cansada. E dessa vez não tem a ver com a faxina, mas com o misto de sensações que sei que irei chamar de alegria. Por agora é o peso de tudo que foi e o que está pra chegar. A euforia e a expectativa cansam e eu sinto que tenho pouco tempo para digerir.

A cada mudança eu me convenci de que o que a gente tem de mais valor segue pra onde a gente for. Mas o que mata a saudade é palpável, sabe?! E eu já não sigo com tanto desapego.

O tempo foi passando e, por considerar já ter mudado tanto, só queria um lugar para voltar. E voltava, com a desculpa de não ter que recomeçar do nada. Com os conhecidos e os amigos que de certa forma são laços a somar. Com a rotina e as facilidades que a gente acha em uma cidade intermediária.

EN[QUADRO]

Mas há algum tempo meu inteiro sente falta. Eu sinto que posso mais e, embora seja pequena para o mundo, estou sobrando aqui. Ir ao salão de beleza mudar o cabelo não iria servir. Eu preciso do frio na barriga, da mente ocupada e da fé no coração.

Eu vinha querendo me reconhecer, mas é difícil lutar contra capacidades desperdiçadas com o misto de tempo jogado fora. Chega o limite do não fazer nada porque conformismo nunca foi meu jeito de lidar com a vida e eu não estou feliz agora.

Eu vi que o que me acomodava estava me incomodando. Sei lá, me incomoda muito dormir e não ter ânimo para acordar. Nada pior que querer e não poder realizar, eu não quero olhar pro lado e me sentir o mesmo, não quero olhar pra trás e me sentir igual.

Meu coração bateu e em vez de dar alento me deixou desabrigada. Me mostrou o caminho que vai na direção das "coisas que mudaram". Alguém confia nas coisas do coração? Mas ele não parou de palpitar e parece tão mais louco discutir com a loucura.

E aí falam de coragem e eu rio. Mal sabem o nervoso que deságua em mim. Podem imaginar como é ruim se debater em si, mas não como é confuso já não estar. Insistir e não se encontrar.

Aos dezessete anos mudei de estado, aos trinta mudarei de novo. Antes me sentia "adulta", agora tenho certeza que não sei "nada do mundo". Antes eu queria, agora eu preciso. Preciso não deixar a vida passar pra depois contar sobre as certezas que também estão de passagem.

E eu sigo ouvindo "corajosa" com o tom de preocupação que chega a ser maior que a minha, já que das dificuldades do mundo eu tenho noção. Eu não tenho como explicar o fato de seguir sozinha, aumentar a distância e estar suscetível a uma quantidade maior de nãos. Eu pego na mão daquele raro "não desista do que você quer" pra encontrar a força dessa fraqueza.

Meu coração insistiu e apontou no mapa. Me fez pesquisar, me fez conversar, me fez plantar, me fez ousar e agora me faz recomeçar.

Quanto mais coragem, mais medo pra enfrentar, eu sei. E não sei dizer quem ganha no turbilhão: cabeça, estômago ou coração. Eu não tenho noção nem da coragem nem do medo que tenho por dentro. Mas eu tenho experiência. Eu já vivi o que eu estou sentindo agora. Essa coisa de ser turista na minha própria vida. Vou ter que me virar para encontrar meu lugar. Alguma coisa vem desavisada, outra parece estar preparada e eu só tenho que aguçar os sentidos para ouvir e enxergar.

E se não achar, quebrarei a cara e terei que consertar, mas, na minha intuição de certeza alguma, eu já posso confiar nas guinadas que a vida dá.

Agradecimentos

Para que este livro seja aberto ele precisou me abrir. Para isso, precisei me estruturar e, mais que isso, ser incentivada, apoiada e me sentir o mais segura possível dentro da vulnerabilidade que me apavora.

Por isso e por tanto tempo, agradeço à família, que acredita em meu potencial. À psicóloga, que não desistiu e foi a primeira a receber o que eu teimava em entender como rascunho. À professora, que se ofereceu para ler antes de todo mundo. À editora, que tornou o livro edição em vez de manuscrito. A você.

Bem ao estilo Anitta, aquela mulher ph*da que chegou lá, vou terminar agradecendo a mim mesma por, enfim, permitir "Sair do Ninho, ser De Casa, me fazer Lar e Voar".

Que venham os refrescos. Sou oficialmente escritora e desde já agradeço pelos convites para tornar texto um tanto de experiências e palavras.